GW00728130

# Mark Twain

# Is He Living or Is He Dead?
## and other short stories

# Est-il vivant ou est-il mort?
## et autres nouvelles

*Traduit de l'anglais,
préfacé et annoté
par Julie Pujos*

*Traduction inédite*

**Gallimard**

# PRÉFACE

*Il est des hommes dont la vie est si extraordinaire, si romanesque, qu'on la croirait surgie de l'imagination trop fertile d'un écrivain. La vie de Mark Twain est de celles-là.*

*Croiriez-vous que sa naissance, le 30 novembre 1835, coïncida avec le passage de la comète de Halley ? Que soixante-quinze ans plus tard, comme il l'avait prédit, sa mort coïncida à nouveau avec l'apparition de la fameuse comète ?*

*Et l'origine du pseudonyme Mark Twain ? Parmi les nombreux et curieux métiers qu'il exerça, Samuel Langhorne Clemens fut pendant quelque temps pilote sur le Mississippi, où il entendait quotidiennement le cri du sondeur qui contrôlait la profondeur du fleuve en brasses : « Deep four !... Mark three !... Half twain !... Quarter twain !... Mark twain[1] ! » Étrange pseudonyme...*

*Imaginez la biographie mouvementée de cet homme*

---

1. « Quatre longueurs de sonde !... Trois longueurs !... Deux et demie !... Deux un quart !... Deux longueurs !... », c'est-à-dire quatre mètres.

*qui fut tour à tour apprenti typographe, pilote d'un bateau à vapeur sur le Mississippi, chercheur d'or dans l'Ouest pour échapper à la guerre de Sécession, joueur, journaliste, éditeur des* Mémoires *du général Grant, conférencier international, grand voyageur… et surtout grand écrivain. Un écrivain qui puisa abondamment dans la richesse de ses différentes expériences pour écrire des romans tels que* Les aventures d'Huckleberry Finn *(1885) — qu'Ernest Hemingway considérait comme l'acte de naissance de la littérature moderne américaine —, et des nouvelles comme celles qui sont rassemblées dans ce volume. N'oublions pas que Mark Twain succède de peu à Edgar Poe, Nathaniel Hawthorne ou Herman Melville et qu'il est le contemporain de Henry James, tous grands auteurs de nouvelles dans la littérature américaine.*

*Il est difficile de faire le compte des nouvelles qu'il a pu écrire. Souvent poussé par le besoin d'argent et aidé par son expérience de journaliste, Mark Twain tirait une grande fierté de sa capacité d'écrire à la chaîne articles et nouvelles. En outre, on peut considérer comme des nouvelles certains chapitres de* Roughing It *(1872), où il raconte ses aventures de chercheur d'or au Nevada et en Californie, ou de* Life on Mississippi *(1883), chronique de son passé de pilote.*

*Il est difficile également de les désigner toutes, uniformément, comme nouvelles. Le terme anglais* short stories *est peut-être mieux approprié à ces textes qui mêlent tous les genres. On pourrait classer* Comment raconter une histoire *dans le genre essai, tandis que* Le grand procès du glissement de terrain *appartient au folklore américain,* Edward Mills et George Benton *s'apparente au conte et* Chance *à l'anecdote. La langue anglaise emploie aussi le mot* yarn, *qui pourrait se traduire par « histoire à dormir debout » et qui s'applique sans aucun doute à* Histoire du malade *ou à* Comment j'ai dirigé un journal d'agriculture. *Chacun de ces textes révèle l'une des multiples facettes du talent d'écrivain infatigable de Mark Twain.*

Albert Bigelow Paine, l'un des principaux biographes de Mark Twain[1], rapporte qu'il avait l'habitude, lors des dîners, de se lever et de se lancer dans de longs discours, accumulant anecdotes et digressions, qui maintenaient toute l'assemblée en haleine. A. B. Paine suggère à cette occasion que Mark Twain se révélait encore meilleur orateur qu'écrivain. À lire ses nouvelles, nous le croyons sans hésiter tant elles portent les marques de l'oralité. Le style est vif et entraînant, les personnages s'animent en quelques lignes, les situations cocasses ou absurdes semblent réelles... Et voici Mark Twain, debout sur une estrade, face à un auditoire captivé, qui débite ses histoires avec force grimaces, mimiques et tons de voix divers et changeants. Écoutez-le raconter Le bras d'or *à la façon d'un vieux fermier avare et couard pour faire peur aux jeunes filles,* ou Cannibalisme dans les wagons *avec un air gourmand et satisfait... Orateur chevronné, il fait participer son public à l'histoire en l'interpellant, en le sollicitant : « Il vous sera difficile de croire que... »*

Il ne faut cependant pas s'y tromper : les nouvelles de Mark Twain sont bel et bien écrites ; il y a là un véritable travail d'écriture, il ne s'agit pas de la transcrip-

1. A. B. Paine, *Mark Twain. A Biography*, New York, 1912 (trois volumes).

*tion d'une conférence ou d'une anecdote ayant remporté
un grand succès lors d'un dîner en ville. Pour preuve,*
Le grand procès du glissement de terrain, *histoire
qu'il tient sans aucun doute des chercheurs d'or du
Nevada, a connu trois versions*[1] *avant d'être publié
dans son état définitif au chapitre* XXXIV *de* Roughing
It *en 1872. À chaque publication, le récit s'étoffe, les
personnages et les dialogues gagnent en précision et en
mordant afin de ridiculiser encore mieux ce pauvre
général Buncombe.*

*Le narrateur est le plus souvent Mark Twain, qui se
met en situation. L'omniprésence de l'écrivain se traduit par l'emploi de la première personne du singulier
évidemment, mais aussi par sa manière de situer
chaque histoire dans un contexte très personnel, ce qui
donne un ton autobiographique :* «Je passais le mois de
mars 1892 à Menton, sur la Riviera», *ou :* «Il y a
quelques jours, au début du deuxième mois de 1900,
un ami me rendit visite un après-midi, ici, à Londres. »
*Les exemples abondent. Cette petite ruse d'écrivain
confère à ses histoires une vraisemblance, si ce n'est une
vérité, qu'elles n'auraient peut-être pas atteinte seules.
Dans* Chance, *Mark Twain va jusqu'à faire figurer
une petite note en bas de page pour préciser que* «ce
n'est pas une histoire inventée». *Il la tient d'un*
«homme d'Église qui était instructeur à Woolwich il y a
quarante ans et qui se porte garant de sa vérité». *Vérité
et fiction sont ainsi inextricablement mêlées et c'est au
lecteur de décider s'il doit croire la version* «officielle»

---

1. En août 1863 dans le *Morning Call* de San Francisco, en
1865 dans le recueil de *La célèbre grenouille sauteuse de Calaveras*
et en 1868 dans le *Buffalo Express*.

*de la biographie du peintre François Millet ou celle que livre Mark Twain dans* Est-il vivant ou est-il mort? *Dans cette nouvelle, le jeu atteint son apogée dans l'art de la mise en scène.*

*Acteur et metteur en scène, il plante le décor. Son talent pour recréer un dialogue ou pour décrire un personnage est indéniable. Sous sa plume, les silhouettes se dressent, les situations s'ancrent dans la réalité. Voyez ce jeune fermier, «une grande créature cadavérique, avec de longues mèches qui lui pendaient sur les épaules et une barbe d'une semaine qui se hérissait sur les monts et les vallées de son visage», se demander s'il n'est pas en train de devenir fou; écoutez faiblir la joyeuse chanson du chef de train qui croit voyager avec un cadavre en état de décomposition avancée; suivez la plaidoirie passionnée de l'avocat persuadé d'obtenir gain de cause contre des fermiers attardés du fin fond du Far West... Chaque nouvelle a son lot de personnages pittoresques et de situations bizarres.*

*L'écrivain ne cesse de jouer avec son lecteur — de s'en jouer? L'humour perce à chaque ligne, mais, comme il le précise dans* Comment raconter une histoire, *il «pétille doucement». Mark Twain ne recule ni devant le macabre ni devant l'absurde. «Lier les incongruités et les absurdités ensemble d'une manière désordonnée et parfois sans conclusion, c'est la base de l'art américain, si mon point de vue est juste», écrit-il. Il faut lire* Cannibalisme dans les wagons, *où les personnages s'entre-dévorent en respectant scrupuleusement les règles d'une élection démocratique. Comment ne pas rire de ce que le journaliste peu scrupuleux fait paraître dans son journal d'agriculture? Cette nouvelle est un festival de jeux de mots et de contresens.*

*Mais derrière le rire, derrière l'absurde, se profile parfois un autre Mark Twain, bien différent de l'amuseur public qu'il prétend être, un Mark Twain perspicace et souvent amer qui, par le biais de ses histoires, assène quelques vérités corrosives. L'ordre établi est sans cesse brocardé : l'avocat prétentieux est ridiculisé par les fermiers incultes, les amateurs d'art se font rouler par quatre jeunes peintres astucieux et sûrs de leur talent. C'est sans doute dans l'histoire d'Edward Mills et George Benton, titrée «conte», que c'est le plus flagrant : le récit bascule et, si le «méchant» est bien puni, le «gentil» meurt assassiné, on essaie de salir son nom, sa veuve et ses enfants sont réduits à la misère, mais heureusement, grâce à la générosité de ses concitoyens, on lui érige une chapelle! Le conte n'était pas un conte de fées.*

*Mark Twain se révèle être un observateur attentif des petits travers de ses concitoyens et surtout un critique impitoyable du fonctionnement de la démocratie américaine. Il tourne en dérision le rôle de la cour de justice, inventée de toutes pièces dans* Le grand procès du glissement de terrain, *ou bien réelle dans* Science contre Hasard ; *il se moque de l'aveuglement de l'armée dans* Chance ; *il démontre l'importance du piston dans* Deux petits contes. *La vie humaine et la mort elles-mêmes ne trouvent pas grâce à ses yeux. Est-ce par peur qu'il préfère en rire ? Dans* Cannibalisme dans les wagons, *la vie des hommes n'a plus de valeur, seul importe leur embonpoint;* Est-il vivant ou est-il mort ? *montre le bon usage qu'on peut faire de la « chronique d'une mort annoncée »,* et Histoire du malade *est un cauchemar d'humour glacé. Le premier sourire s'efface et devient rictus… Écrivain, il ne respecte pas même l'écriture. Il relate ainsi sa décision de devenir écrivain : «J'ai ressenti l'"appel" de la littérature, de celle de second ordre — c'est-à-dire humoristique. Il n'y a pas de quoi en être fier […]. Pauvre, pitoyable travail ! »*

Cette amertume se transforma à la fin de sa vie en sombre désespoir. Comblé d'honneurs (l'université d'Oxford lui décerna le titre de docteur honoris causa en 1907), Mark Twain était exaspéré par la perception que ses lecteurs avaient de lui : écrivain bouffon, humoriste, quand il se sentait happé par la misanthropie et la souffrance. Sa vie personnelle avait tourné au drame : ruine, maladie, folie d'un de ses enfants, mort d'un autre et de sa femme… Sa vie publique ne lui paraissait plus en adéquation avec l'homme malheureux et cynique qu'il était devenu.

On ne peut que regretter que le succès des Aventures d'Huckleberry Finn *et des* Aventures de Tom Sawyer *ait laissé croire que Mark Twain est un écrivain pour les enfants et fait oublier la plus grande partie de son œuvre. Or c'est bien la publication d'une nouvelle,* La célèbre grenouille sauteuse de Calaveras, *en 1865, qui l'a fait connaître du grand public. Il a introduit dans la littérature américaine, jusqu'alors dominée par les écrivains de la Nouvelle-Angleterre, un accent nouveau et y a fait entrer l'Ouest, ses paysages, la rudesse de ses mœurs, son esprit d'aventure et son langage imagé et direct. Ses histoires humoristiques, et parfois acides, le classent aux côtés des plus grands écrivains. Malgré le désenchantement des dernières années, Mark Twain a consacré sa vie à faire rire et sourire ses lecteurs.*

*Laissons le mot de la fin à Jorge Luis Borges : « Si dans notre mémoire Mark Twain a droit à une place exceptionnelle, c'est en tant qu'écrivain, si dans ses nombreux ouvrages nous recherchons (et nous trouvons) quelque chose, ce n'est précisément pas le tragique. Mark Twain — définition presque paradoxale — était un humoriste[1]. »*

Julie Pujos

---

1. J. L. Borges, *Une possible défense de Mark Twain*, 30 novembre 1935, chronique publiée dans *Sur, Œuvres complètes*, t. I, « Bibliothèque de la Pléiade ».

# Is He Living or Is He Dead?
## and other short stories

# Est-il vivant ou est-il mort?
## et autres nouvelles

## Cannibalism in the Cars

I visited St. Louis lately, and on my way West, after changing cars at Terre Haute, Indiana, a mild, benevolent-looking gentleman of about forty-five, or maybe fifty, came in at one of the way-stations and sat down beside me. We talked together pleasantly on various subjects for an hour, perhaps, and I found him exceedingly intelligent and entertaining. When he learned that I was from Washington, he immediately began to ask questions about various public men, and about Congressional affairs; and I saw very shortly that I was conversing with a man who was perfectly familiar with the ins and outs of political life at the Capital, even to the ways and manners, and customs of procedure of Senators and Representatives in the Chambers of the national Legislature. Presently two men halted near us for a single moment, and one said to the other:

# *Cannibalisme dans les wagons*[1]

J'ai visité Saint Louis récemment et, en rentrant vers l'Ouest, après avoir changé de train à Terre-Haute, en Indiana, **un** homme de quarante-cinq à cinquante ans, à la physionomie sympathique et aux manières affables, monta à l'un des arrêts et s'assit à côté de moi. Nous discutâmes agréablement de différents sujets pendant une heure peut-être, et je le trouvai extrêmement intelligent et amusant. Dès qu'il apprit que j'étais de Washington, il me posa des questions sur plusieurs hommes politiques et les affaires du gouvernement ; je m'aperçus très vite que je conversais avec un homme qui était parfaitement au courant des dessous de la vie politique de la capitale et qui connaissait les faits et gestes des sénateurs et des représentants des Chambres à l'Assemblée législative. Bientôt deux hommes s'arrêtèrent près de nous pendant un moment et l'un dit à l'autre :

1. Cette nouvelle est extraite de *Sketches New and Old*. *Cars* : américanisme.

"Harris, if you'll do that for me, I'll never forget you, my boy."

My new comrade's eye lighted pleasantly. The words had touched upon a happy memory, I thought. Then his face settled into thoughtfulness — almost into gloom. He turned to me and said, "Let me tell you a story; let me give you a secret chapter of my life — a chapter that has never been referred to by me since its events transpired. Listen patiently, and promise that you will not interrupt me."

I said I would not, and he related the following strange adventure, speaking sometimes with animation, sometimes with melancholy, but always with feeling and earnestness.

On the 19th of December, 1853, I started from St. Louis on the evening train bound for Chicago. There were only twenty-four passengers, all told. There were no ladies and no children. We were in excellent spirits, and pleasant acquaintanceships were soon formed. The journey bade fair to be a happy one; and no individual in the party, I think, had even the vaguest presentiment of the horrors we were soon to undergo.

At 11 P.M. it began to snow hard. Shortly after leaving the small village of Welden, we entered upon that tremendous prairie solitude that stretches its leagues on leagues of houseless dreariness far away toward the Jubilee Settlements

« Harris, si vous faites cela pour moi, je ne vous oublierai jamais, mon garçon. »

Les yeux de mon nouvel ami brillèrent avec enjouement. Ces mots, pensai-je, lui rappelaient quelque joyeux souvenir. Puis son visage devint pensif, presque sombre. Il se tourna vers moi et dit : « Laissez-moi vous raconter une histoire ; laissez-moi vous révéler un chapitre secret de ma vie, un chapitre auquel je n'ai jamais fait allusion depuis que ces événements ont eu lieu. Écoutez-moi patiemment et promettez que vous ne m'interromprez pas. »

Je promis et il me raconta l'étrange aventure qui suit, parlant tantôt avec animation, tantôt avec mélancolie, mais toujours avec émotion et sérieux.

« Le 19 décembre 1853, je quittai Saint Louis par le train du soir qui va à Chicago. En tout, il n'y avait que vingt-quatre voyageurs. Il n'y avait ni femmes ni enfants. Nous étions de bonne humeur et nous fîmes vite agréablement connaissance. Le voyage promettait d'être joyeux, et pas un seul d'entre nous, je pense, n'avait le plus vague pressentiment des horreurs que nous endurerions bientôt.

À onze heures du soir, il commença à neiger fort. Peu après avoir quitté le petit village de Welden, nous entrâmes dans cette interminable prairie déserte qui déploie pendant des lieues et des lieues sa tristesse jusque vers Jubilee Settlements.

The winds, unobstructed by trees or hills, or
even vagrant rocks, whistled fiercely, across the
level desert, driving the falling snow before it like
spray from the crested waves of a stormy sea.
The snow was deepening fast; and we knew, by
the diminished speed of the train, that the engine
was plowing through it with steadily increasing
difficulty. Indeed, it almost came to a dead halt
sometimes, in the midst of great drifts that piled
themselves like colossal graves across the track.
Conversation began to flag. Cheerfulness gave
place to grave concern. The possibility of being
imprisoned in the snow, on the bleak prairie, fifty
miles from any house, presented itself to every
mind, and extended its depressing influence over
every spirit.

At two o'clock in the morning I was aroused
out of an uneasy slumber by the ceasing of all
motion about me. The appalling truth flashed
upon me instantly — we were captives in a snow-
drift! "All hands to the rescue!" Every man
sprang to obey. Out into the wild night, the pit-
chy darkness, the billowy snow, the driving
storm, every soul leaped, with the consciousness
that a moment lost now might bring destruction
to us all. Shovels, hands, boards — anything,
everything that could displace snow, was brought
into instant requisition.

Le vent soufflait violemment à travers le désert uniforme, sans jamais rencontrer des arbres, des collines, ou même un rocher isolé ; il chassait la neige devant lui comme les vagues moutonnantes d'une mer de tempête. La neige épaississait rapidement et nous savions, à cause du ralentissement du train, que la machine se frayait[1] de plus en plus difficilement un chemin. En effet, le train s'arrêta plusieurs fois au milieu de tas de neige qui s'amoncelaient tels des tombeaux géants sur la voie. Les conversations commencèrent à faiblir. La gaieté fit place à l'angoisse. La perspective d'être emprisonné dans la neige, sur cette prairie désolée, à cinquante miles de toute maison, apparut à chacun d'entre nous et étendit sa tristesse sur notre bonne humeur.

À deux heures du matin, je fus tiré d'un sommeil agité par un arrêt brusque. L'horrible vérité m'apparut aussitôt : nous étions prisonniers d'un tas de neige ! "Tous les bras à la rescousse !" Chaque homme s'élança pour obéir. Dehors, dans la nuit furieuse, noire comme de la poix, dans les flots de neige, dans la tempête déchaînée, chacun bondissait, conscient qu'une minute perdue pouvait causer notre mort à tous. Pelles, mains, planches, n'importe quoi, tout ce qui pouvait servir à déplacer la neige fut réquisitionné en un instant.

---

1. *To plow = to plough.*

It was a weird picture, that small company of frantic men fighting the banking snows, half in the blackest shadow and half in the angry light of the locomotive's reflector.

One short hour sufficed to prove the utter uselessness of our efforts. The storm barricaded the track with a dozen drifts while we dug one away. And worse than this, it was discovered that the last grand charge the engine had made upon the enemy had broken the fore-and-aft shaft of the driving-wheel! With a free track before us we should still have been helpless. We entered the car wearied with labor, and very sorrowful. We gathered about the stoves, and gravely canvassed our situation. We had no provisions whatever — in this lay our chief distress. We could not freeze, for there was a good supply of wood in the tender. This was our only comfort. The discussion ended at last in accepting the disheartening decision of the conductor, *viz.*, that it would be death for any man to attempt to travel fifty miles on foot through snow like that. We could not send for help, and even if we could it would not come.

C'était un étrange spectacle que ce petit groupe d'hommes frénétiques luttant contre les flocons entassés, les uns dans l'ombre la plus noire et les autres dans la lumière douloureuse du réflecteur de la locomotive.

Une petite heure suffit à prouver l'inutilité complète de nos efforts. La tempête dressait une douzaine de barricades sur la voie quand nous en déblayions une. Et, pire encore, nous découvrîmes que le dernier assaut de la machine contre l'ennemi avait brisé l'arbre de transmission de la motrice ! Même avec la voie libre devant nous, nous aurions été impuissants. Nous remontâmes dans le train, épuisés par le labeur[1] et tout à fait affligés. Nous nous réunîmes autour des poêles et nous examinâmes sérieusement notre situation. Nous n'avions pas de vivres, là était notre principal souci. Nous n'allions pas geler, car il y avait une bonne provision de bois dans le tender[2]. C'était notre seule consolation. La discussion s'acheva finalement quand nous dûmes admettre que notre conducteur avait malheureusement raison, à savoir[3] que ce serait la mort pour quiconque tenterait de parcourir cinquante miles à pied dans la neige. Nous ne pouvions pas demander d'aide et, même si nous l'avions pu, personne ne serait venu.

---

1. *Labor = labour.*
2. Le tender est le wagon qui est placé derrière une locomotive à vapeur et qui contient la réserve d'eau et de combustible nécessaire à l'approvisionnement de celle-ci.
3. *Viz.* : abréviation du latin *videlicet*.

We must submit, and await, as patiently as we might, succor or starvation! I think the stoutest heart there felt a momentary chill when those words were uttered.

Within the hour conversation subsided to a low murmur here and there about the car, caught fitfully between the rising and falling of the blast; the lamps grew dim; and the majority of the cast-aways settled themselves among the flickering shadows to think — to forget the present, if they could — to sleep, if they might.

The eternal night — it surely seemed eternal to us — wore its lagging hours away at last, and the cold gray dawn broke in the east. As the light grew stronger the passengers began to stir and give signs of life, one after another, and each in turn pushed his slouched hat up from his forehead, stretched his stiffened limbs, and glanced out of the windows upon the cheerless prospect. It was cheerless, indeed! — not a living thing visible anywhere, not a human habitation; nothing but a vast white desert; uplifted sheets of snow drifted hither and thither before the wind — a world of eddying flakes shutting out the firmament above.

All day we moped about the cars, saying little, thinking much. Another lingering dreary night — and hunger.

Another dawning — another day of silence, sadness, wasting hunger, hopeless watching for succor that could not come.

Nous devions nous résigner et attendre, aussi patiemment que nous le pouvions, d'être secourus ou de mourir de faim ! Je crois que là le cœur le plus brave eut un frisson momentané quand ces mots furent prononcés.

En moins d'une heure la conversation retomba en un murmure vague ici et là dans le wagon, entrecoupée par les rafales de vent ; les lumières faiblirent et la plupart des naufragés s'enfoncèrent dans l'ombre vacillante pour penser, pour oublier le présent s'ils le pouvaient, pour dormir dans la mesure du possible.

La nuit éternelle — elle nous parut absolument éternelle — effaça finalement ses heures interminables et l'aube grise et froide se leva à l'est. Comme la lumière croissait, les passagers commencèrent à se réveiller et à donner signe de vie, l'un après l'autre, et chacun à son tour enfonça son feutre sur son front, étendit ses membres courbaturés et regarda par la fenêtre le triste spectacle. C'était vraiment triste, en effet ! Rien de vivant nulle part, pas une habitation humaine, rien si ce n'est le vaste désert blanc ; des linceuls de neige soulevés çà et là par le vent, un monde de flocons tourbillonnants qui empêchait de voir le ciel.

Toute la journée nous broyâmes du noir dans les wagons, parlant peu, pensant beaucoup. Une autre nuit interminable, et la faim.

Une autre aube, un autre jour de silence, de tristesse, de faim dévorante, en attendant sans espoir des secours qui ne pouvaient pas venir.

A night of restless slumber, filled with dreams of feasting — wakings distressed with the gnawings of hunger.

The fourth day came and went — and the fifth! Five days of dreadful imprisonment! A savage hunger looked out at every eye. There was in it a sign of awful import — the foreshadowing of a something that was vaguely shaping itself in every heart — a something which no tongue dared yet to frame into words.

The sixth day passed — the seventh dawned upon as gaunt and haggard and hopeless a company of men as ever stood in the shadow of death. It must out now! That thing which had been growing up in every heart was ready to leap from every lip at last! Nature had been taxed to the utmost — she must yield. RICHARD H. GASTON of Minnesota, tall, cadaverous, and pale, rose up. All knew what was coming. All prepared — every emotion, every semblance of excitement was smothered — only a calm, thoughtful seriousness appeared in the eyes that were lately so wild.

"Gentlemen: It cannot be delayed longer! The time is at hand! We must determine which of us shall die to furnish food for the rest!"

MR. JOHN J. WILLIAMS of Illinois rose and said: "Gentlemen — I nominate the Rev. James Sawyer of Tennessee."

MR. WM. R. ADAMS of Indiana said: "I nominate Mr. Daniel Slote of New York."

Une nuit de sommeil agité, remplie de rêves de festins et de réveils désenchantés par les morsures de la faim.

Le quatrième jour se leva et s'acheva, puis le cinquième ! Cinq jours d'un terrible emprisonnement ! Une faim cruelle se lisait dans tous les yeux. Il y avait là le signe d'une horrible obsession, le présage de quelque chose qui prenait vaguement forme dans chaque cœur, de quelque chose qu'aucune langue n'osait encore formuler.

Le sixième jour passa, le septième se leva sur le groupe d'hommes le plus décharné, hagard et désespéré qui se soit jamais tenu dans l'ombre de la mort. Cela devait finir maintenant ! Cette pensée, qui avait grandi dans chaque cœur, était prête à jaillir enfin de toutes les lèvres ! La nature avait été trop longtemps réprimée : elle devait s'exprimer. RICHARD H. GASTON, du Minnesota, grand, cadavérique et pâle, se leva. Tous savaient ce qui allait arriver. Tous y étaient préparés — les émotions, l'excitation étaient contenues — seule une gravité calme et pensive apparut dans les yeux, aux regards auparavant si sauvages.

"Messieurs, il est impossible d'attendre davantage ! Le temps est venu ! Nous devons décider lequel d'entre nous doit mourir pour nourrir les autres !"

M. JOHN J. WILLIAMS, de l'Illinois, se leva et dit : "Messieurs, je propose le révérend James Sawyer du Tennessee."

M. WM. R. ADAMS, de l'Indiana, dit : "Je propose M. Daniel Slote, de New York."

MR. CHARLES J. LANGDON : "I nominate
Mr. Samuel A. Bowen of St. Louis."

MR. SLOTE : "Gentlemen — I desire to decline
in favor of Mr. John A. Van Nostrand, Jun., of
New Jersey."

MR. GASTON : "If there be no objection, the
gentleman's desire will be acceded to."

MR. VAN NOSTRAND objecting, the resignation
of Mr. Slote was rejected. The resignations of
Messrs. Sawyer and Bowen were also offered,
and refused upon the same grounds.

MR. A. L. BASCOM of Ohio : "I move that the
nominations now close, and that the House
proceed to an election by ballot."

MR. SAWYER : "Gentlemen — I protest ear-
nestly against these proceedings. They are, in
every way, irregular and unbecoming. I must beg
to move that they be dropped at once, and that
we elect a chairman of the meeting and proper
officers to assist him, and then we can go on with
the business before us understandingly."

MR. BELL of Iowa : "Gentlemen — I object.
This is no time to stand upon forms and ceremo-
nious observances. For more than seven days we
have been without food. Every moment we lose
in idle discussion increases our distress.

M. CHARLES J. LANGDON : "Je propose M. Samuel A. Bowen, de Saint Louis."

M. SLOTE : "Messieurs, je désire me désister en faveur du jeune[1] M. John A. Van Nostrand, du New Jersey."

M. GASTON : "S'il n'y a pas d'objection, le désir de Monsieur sera satisfait."

M. VAN NOSTRAND y faisant objection, la démission de M. Slote fut rejetée. Les démissions de MM. Sawyer et Bowen furent aussi proposées et repoussées pour les mêmes raisons.

M. A. L. BASCOM, de l'Ohio : "Je propose que les candidatures soient maintenant closes et que l'assemblée procède à l'élection par vote."

M. SAWYER : "Messieurs, je proteste à nouveau énergiquement contre ces procédés. Ils sont en tout point irréguliers et inacceptables. Je dois demander qu'on y renonce et que nous élisions un président de l'assemblée et des clercs appropriés pour l'assister ; ensuite nous pourrons poursuivre notre travail en bonne intelligence."

M. BELL, de l'Iowa : "Messieurs, je proteste. Ce n'est pas le moment de s'arrêter à des formalités et à des règles de cérémonie. Depuis plus de sept jours nous n'avons pas eu à manger. Chaque instant que nous perdons en discussions oiseuses accroît notre détresse.

1. *Jun.* = *Junior.*

I am satisfied with the nominations that have been made — every gentleman present is, I believe — and I, for one, do not see why we should not proceed at once to elect one or more of them. I wish to offer a resolution —"

MR. GASTON : "It would be objected to, and have to lie over one day under the rules, thus bringing about the very delay you wish to avoid. The gentleman from New Jersey —"

MR. VAN NOSTRAND : "Gentlemen — I am a stranger among you; I have not sought the distinction that has been conferred upon me, and I feel a delicacy —"

MR. MORGAN of Alabama (interrupting) : "I move the previous question."

The motion was carried, and further debate shut off, of course. The motion to elect officers was passed, and under it Mr. Gaston was chosen chairman, Mr. Blake, secretary, Messrs. Holcomb, Dyer, and Baldwin a committee on nominations, and Mr. R. M. Howland, purveyor, to assist the committee in making selections.

A recess of half an hour was then taken, and some little caucusing followed. At the sound of the gavel the meeting assembled, and the committee reported in favor of Messrs. George Ferguson of Kentucky, Lucien Herrman of Louisiana, and W. Messick of Colorado as candidates. The report was accepted.

Je suis satisfait des candidatures qui se sont mani-
festées — chaque gentleman présenté l'est, je
pense — et, maintenant, je ne vois pas pourquoi
nous ne procéderions pas au vote pour élire une
personne ou plus. Je souhaite passer au vote…"

M. GASTON : "Il serait rejeté, et l'ajourner dans
ces conditions, ce serait nous amener à ce délai
que vous désirez éviter. Le monsieur du New
Jersey…"

M. VAN NOSTRAND : "Messieurs, je suis un
étranger parmi vous ; je n'ai pas mérité l'honneur que vous me faites et j'éprouve des scru-
pules…"

M. MORGAN, de l'Alabama (l'interrompant) :
"Je suggère que nous débattions de la question."

La motion fut votée et le débat prit fin, bien
entendu. La proposition d'élire des clercs fut
retenue et ainsi M. Gaston fut nommé président, M. Blake secrétaire, MM. Holcomb, Dyer
et Baldwin membres du comité des candidatures,
et M. R. M. Howland pourvoyeur chargé d'aider
le comité à faire des choix.

Un repos d'une demi-heure fut accordé et
une petite discussion suivit. Au bruit du marteau
l'assemblée se réunit et le comité se déclara en
faveur des candidatures de MM. George Ferguson, du Kentucky, Lucien Herrman, de Louisiane,
et W. Messick, du Colorado. La proposition fut
acceptée.

MR. ROGERS of Missouri: "Mr. President — The report being properly before the House now, I move to amend it by substituting for the name of Mr. Herrman that of Mr. Lucius Harris of St. Louis, who is well and honorably known to us all. I do not wish to be understood as casting the least reflection upon the high character and standing of the gentleman from Louisiana — far from it. I respect and esteem him as much as any gentleman here present possibly can; but none of us can be blind to the fact that he had lost more flesh during the week that we have lain here than any among us — none of us can be blind to the fact that the committee has been derelict in its duty, either through negligence or a graver fault, in thus offering for our suffrages a gentleman who, however pure his own motives may be, has really less nutriment in him —"

THE CHAIR: "The gentleman from Missouri will take his seat. The Chair cannot allow the integrity of the committee to be questioned save by the regular course, under the rules. What action will the House take upon the gentleman's motion?"

MR. HALLIDAY of Virginia: "I move to further amend the report by substituting Mr. Harvey Davis of Oregon for Mr. Messick.

M. ROGERS, du Missouri : "Monsieur le président, le choix ayant été maintenant ratifié selon les règles devant l'assemblée, je propose de l'amender en substituant au nom de M. Herrman celui de M. Lucius Harris, de Saint Louis, qui est honorablement connu de nous tous. Je ne voudrais pas que l'on pense que je jette le moindre blâme sur la haute et importante personnalité de ce monsieur de Louisiane, loin de là. Je le respecte et l'estime autant que n'importe lequel de ces messieurs ici présents le peut ; mais personne n'est aveugle au fait que, durant la semaine passée ici, il a perdu plus de graisse qu'aucun d'entre nous ; personne n'est aveugle au fait que le comité a manqué à ses devoirs, que ce soit par négligence ou pour une raison plus grave, en proposant à nos suffrages un gentleman qui, quelques pures que soient ses raisons, a si peu de qualités nutritives."

LE PRÉSIDENT : "Le monsieur du Missouri est prié de s'asseoir. Le président ne peut pas autoriser qu'on remette en question l'intégrité du comité, sauf en suivant la voie régulière. Quelle décision l'assemblée prendra-t-elle à propos de la suggestion de monsieur ?"

M. HALLIDAY, de Virginie : "Je propose un autre amendement au vote pour substituer M. Harvey Davis, de l'Oregon, à M. Messick.

It may be urged by gentlemen that the hardships and privations of a frontier life have rendered Mr. Davis tough; but, gentlemen, is this a time to cavil at toughness? Is this a time to be fastidious concerning trifles? Is this a time to dispute about matters of paltry significance? No, gentlemen, bulk is what we desire, substance, weight, bulk — these are the supreme requisites now — not talent, not genius, not education. I insist upon my motion."

MR. MORGAN (excitedly) : "Mr. Chairman — I do most strenuously object to this amendment. The gentleman from Oregon is old, and furthermore is bulky only in bone — not in flesh. I ask the gentleman from Virginia if it is soup we want instead of solid sustenance? if he would delude us with shadows? if he would mock our suffering with an Oregonian specter? I ask him if he can look upon the anxious faces around him, if he can gaze into our sad eyes, if he can listen to the beating of our expectant hearts, and still thrust this famine-stricken fraud upon us?

Ces messieurs feront sans doute valoir que les privations d'une vie frontalière[1] ont rendu M. Davis coriace ; mais, messieurs, est-ce bien le moment de pinailler sur la fermeté de la chair ? Est-ce bien le moment de faire les difficiles pour des futilités ? Est-ce bien le moment de débattre de sujets de peu d'importance ? Non, messieurs, l'embonpoint est ce que nous voulons, la chair, le poids, l'embonpoint, voilà les qualités qui nous sont nécessaires maintenant, pas le talent, ni le génie, ni l'éducation. J'insiste sur ma proposition."

M. MORGAN (très agité) : « M. le président, je dois m'opposer énergiquement à cet amendement. Le monsieur de l'Oregon est âgé, de plus il n'a que la peau sur les os, pas de chair. Je demande au monsieur de Virginie s'il croit que nous préférons manger de la soupe plutôt qu'une nourriture consistante ; veut-il nous décevoir avec des ombres ? Je lui demande s'il peut regarder nos visages inquiets autour de lui, s'il peut plonger son regard dans nos yeux mornes, s'il peut écouter le battement de nos cœurs qui espèrent, et cependant prolonger cette famine.

---

1. L'Oregon est situé le long du Pacifique, au nord de la Californie. Composé en grande partie de déserts, il a des frontières communes avec l'État de Washington au nord, l'Idaho au nord-est, le Nevada au sud-est et la Californie.

I ask him if he can think of our desolate state, of our past sorrows, of our dark future, and still unpityingly foist upon us this wreck, this ruin, this tottering swindle, this gnarled and blighted and sapless vagabond from Oregon's inhospitable shores? Never!" [Applause.]

The amendment was put to vote, after a fiery debate, and lost. Mr. Harris was substituted on the first amendment. The balloting then began. Five ballots were held without a choice. On the sixth, Mr. Harris was elected, all voting for him but himself. It was then moved that his election should be ratified by acclamation, which was lost, in consequence of his again voting against himself.

MR. RADWAY moved that the House now take up the remaining candidates, and go into an election for breakfast. This was carried.

On the first ballot there was a tie, half the members favoring one candidate on account of his youth, and half favoring the other on account of his superior size. The President gave the casting vote for the latter, Mr. Messick. This decision created considerable dissatisfaction among the friends of Mr. Ferguson, the defeated candidate, and there was some talk of demanding a new ballot; but in the midst of it a motion to adjourn was carried, and the meeting broke up at once.

Je lui demande s'il peut songer à notre état désespéré, à nos malheurs passés, à notre avenir sombre, et persister à nous offrir impitoyablement ce tas d'os, cette ruine, cette escroquerie chancelante, ce vagabond gémissant, misérable et desséché des rives inhospitalières de l'Oregon. Jamais!" [Applaudissements.]

L'amendement fut mis aux voix, après un débat enflammé, et repoussé. M. Harris fut proposé selon le premier amendement. Le scrutin commença alors. Cinq tours eurent lieu, sans résultat. Au sixième, M. Harris fut désigné, tous ayant voté pour lui à l'exception de lui-même. On proposa alors de ratifier l'élection par un vote à main levée, mais sans succès car il vota encore contre lui-même.

M. RADWAY proposa à l'assemblée de s'occuper des derniers candidats et de faire son choix pour le déjeuner. Ce fut approuvé.

Au premier scrutin, il y eut égalité, la moitié des membres favorisant un candidat à cause de sa jeunesse, l'autre moitié un autre à cause de sa grande taille. Le président fit pencher le vote pour ce dernier, M. Messick. Cette décision provoqua un grand désappointement parmi les amis de M. Ferguson, le candidat malheureux, et il y eut des discussions pour demander un nouveau scrutin ; mais la décision d'ajourner fut prise et la réunion s'acheva.

The preparations for supper diverted the attention of the Ferguson faction from the discussion of their grievance for a long time, and then, when they would have taken it up again, the happy announcement that Mr. Harris was ready drove all thought of it to the winds.

We improvised tables by propping up the backs of car-seats, and sat down with hearts full of gratitude to the finest supper that had blessed our vision for seven torturing days. How changed we were from what we had been a few short hours before! Hopeless, sad-eyed misery, hunger, feverish anxiety, desperation, then; thankfulness, serenity, joy too deep for utterance now. That I know was the cheeriest hour of my eventful life. The winds howled, and blew the snow wildly about our prison-house, but they were powerless to distress us any more. I liked Harris. He might have been better done, perhaps, but I am free to say that no man ever agreed with me better than Harris, or afforded me so large a degree of satisfaction. Messick was very well, though rather high-flavored, but for genuine nutritiousness and delicacy of fiber, give me Harris. Messick had his good points — I will not attempt to deny it, nor do I wish to do it — but he was no more fitted for breakfast than a mummy would be, sir — not a bit. Lean? — why, bless me! — and tough? Ah, he was very tough! You could not imagine it — you could never imagine anything like it.

"Do you mean to tell me that —"

Les préparatifs du souper détournèrent l'attention du parti Ferguson de leurs griefs pour un long moment, puis, alors que la discussion allait reprendre, les pensées furent distraites car on annonça que M. Harris était servi.

Nous improvisâmes des tables en nous appuyant sur les dossiers des fauteuils des compartiments et nous nous assîmes, le cœur empli de gratitude pour ce souper fin après lequel nous soupirions depuis sept jours de torture. Comme nous étions différents de ce que nous avions été quelques petites heures auparavant! Misère désespérée et triste, faim, angoisse fiévreuse, fureur du désespoir, alors; gratitude, sérénité, joie trop grande pour être exprimée, maintenant. Je sais que ce fut l'heure la plus joyeuse de ma vie mouvementée. Le vent rugissait et emportait violemment la neige autour de notre habitation-prison, mais il était impuissant à nous éprouver davantage. J'aimais Harris. Il aurait pu être mieux cuit, peut-être, mais je dois dire qu'aucun homme ne me plut autant que Harris, ni ne me donna une si grande satisfaction. Messick était très bon, bien qu'un peu trop haut en goût, mais, pour la saveur authentique et la délicatesse de la chair, donnez-moi Harris. Messick avait ses bons côtés — je n'essaierai pas de le nier, je ne le souhaite pas — mais il ne convenait pas plus au déjeuner qu'une momie, monsieur, vraiment pas. Maigre? Mon Dieu! Et coriace? Ah, il était très coriace! Vous ne pouvez pas l'imaginer, vous ne pourrez jamais rien imaginer de pareil.

— Vous voulez dire...

"Do not interrupt me, please. After breakfast we elected a man by the name of Walker, from Detroit, for supper. He was very good. I wrote his wife so afterward. He was worthy of all praise. I shall always remember Walker. He was a little rare, but very good. And then the next morning we had Morgan of Alabama for breakfast. He was one of the finest men I ever sat down to — handsome, educated, refined, spoke several languages fluently — a perfect gentleman — he was a perfect gentleman, and singularly juicy. For supper we had that Oregon patriarch, and he *was* a fraud, there is no question about it — old, scraggy, tough, nobody can picture the reality. I finally said, gentlemen, you can do as you like, but *I* will wait for another election. And Grimes of Illinois said, 'Gentlemen, *I* will wait also. When you elect a man that has *something* to recommend him, I shall be glad to join you again.' It soon became evident that there was general dissatisfaction with Davis of Oregon, and so, to preserve the good will that had prevailed so pleasantly since we had had Harris, an election was called, and the result of it was that Baker of Georgia was chosen. He was splendid! Well, well —

— Ne m'interrompez pas, s'il vous plaît. Après le déjeuner, nous choisîmes un homme du nom de Walker, de Detroit, pour le souper. Il était très bon. C'est ce que j'ai écrit à sa femme par la suite. Il méritait tous les éloges. Je me souviendrai toujours de Walker. Il était un petit peu maigre, mais très bon. Puis le matin suivant nous eûmes Morgan, de l'Alabama, pour le déjeuner. Il était l'un des hommes les plus chics que j'ai jamais vus, élégant, bien élevé, raffiné, il parlait couramment plusieurs langues, un parfait gentleman, c'était un parfait gentleman et particulièrement juteux. Pour le souper, nous eûmes ce patriarche de l'Oregon et lui, il *était* une escroquerie, il n'y a aucun doute à ce sujet, vieux, décharné, coriace, personne ne peut peindre la réalité. Je dis finalement : "Messieurs, faites comme vous voulez, mais j'attendrai une autre élection." Et Grimes, de l'Illinois, dit : "Messieurs, j'attendrai également. Quand vous élirez un homme qui a *quelque chose* pour lui, je serai ravi de me joindre à nouveau à vous." Il devint bientôt évident que Davis, de l'Oregon, avait déplu à tout le monde et, afin de préserver la bonne humeur qui avait prévalu depuis Harris, une élection fut décidée et le résultat fut qu'on choisit Baker, de Géorgie. Il était délicieux ! Bien, bien…

after that we had Doolittle, and Hawkins, and McElroy (there was some complaint about McElroy, because he was uncommonly short and thin), and Penrod, and two Smiths, and Bailey (Bailey had a wooden leg, which was clear loss, but he was otherwise good), and an Indian boy, and an organ-grinder, and a gentleman by the name of Buckminster — a poor stick of a vagabond that wasn't any good for compagny and no account for breakfast. We were glad we got him elected before relief came."

"And so the blessed relief *did* come at last?"

"Yes, it came one bright, sunny morning, just after election. John Murphy was the choice, and there never was a better, I am willing to testify; but John Murphy came home with us, in the train that came to succor us, and lived to marry the widow Harris —"

"Relict of —"

"Relict of our first choice. He married her, and is happy and respected and prosperous yet. Ah, it was like a novel, sir — it was like a romance. This is my stopping-place, sir; I must bid you good-by. Any time that you can make it convenient to tarry a day or two with me, I shall be glad to have you. I like you, sir; I have conceived an affection for you. I could like you as well as I liked Harris himself, sir. Good day, sir, and a pleasant journey."

Ensuite nous mangeâmes Doolittle, Hawkins et McElroy (il y eut des plaintes à propos de Mc-Elroy parce qu'il était incroyablement petit et maigre), puis Penrod, les deux Smith et Bailey (Bailey avait une jambe de bois, ce qui était évidemment dommage, mais sinon il était bon), ensuite un garçon indien, un joueur d'orgue et un monsieur du nom de Buckminster, un pauvre diable de vagabond qui n'était pas de bonne compagnie et n'avait aucun intérêt comme déjeuner. Nous fûmes contents de l'avoir choisi avant que les secours n'arrivent.

— Alors ainsi des secours finirent par arriver ?

— Oui, ils arrivèrent un beau matin ensoleillé, juste après l'élection. John Murphy avait été choisi et il aurait été le meilleur, j'en jurerais ; mais John Murphy est rentré avec nous, par le train venu nous secourir, et depuis il a épousé la veuve de Harris…

— La veuve de…

— La veuve de notre premier choix. Il l'a épousée et vit maintenant heureux, respecté et prospère. Ah, c'était comme dans un roman, monsieur, comme une belle romance. Je m'arrête ici, monsieur ; je dois vous dire au revoir. Si vous pouviez venir me rendre visite un jour ou deux, je serais heureux de vous recevoir. Je vous aime bien, monsieur ; je me suis pris d'affection pour vous. Je pourrais vous aimer autant que j'ai aimé Harris lui-même, monsieur. Bonne journée, monsieur, et bon voyage. »

He was gone. I never felt so stunned, so distressed, so bewildered in my life. But in my soul I was glad he was gone. With all his gentleness of manner and his soft voice, I shuddered whenever he turned his hungry eye upon me; and when I heard that I had achieved his perilous affection, and that I stood almost with the late Harris in his esteem, my heart fairly stood still!

I was bewildered beyond description. I did not doubt his word; I could not question a single item in a statement so stamped with the earnestness of truth as his; but its dreadful details overpowered me, and threw my thoughts into hopeless confusion. I saw the conductor looking at me. I said, "Who is that man?"

"He was a member of Congress once, and a good one. But he got caught in a snow-drift in the cars, and like to have been starved to death. He got so frost-bitten and frozen up generally, and used up for want of something to eat, that he was sick and out of his head two or three months afterward. He is all right now, only he is a monomaniac, and when he gets on that old subject he never stops till he has eat up that whole car-load of people he talks about. He would have finished the crowd by this time, only he had to get out here. He had got their names as pat as A B C. When he gets all eat up but himself, he always says :

Il était parti. Je ne me suis jamais senti si abasourdi, si angoissé, si déconcerté de ma vie. Mais au fond, j'étais content qu'il soit parti. Malgré toute la suavité de ses manières et la douceur de sa voix, j'avais frissonné chaque fois qu'il avait posé un œil affamé sur moi et, quand j'avais entendu que j'avais conquis sa dangereuse affection et qu'il me tenait presque dans la même estime que le défunt Harris, mon cœur s'était complètement glacé.

J'étais troublé au-delà de toute description. Je ne mettais pas en doute son histoire ; je ne pouvais pas poser une seule question sur un récit si estampillé du sceau de la vérité, mais les terribles détails m'écrasaient et jetaient la confusion dans mes pensées. Je vis le conducteur me regarder. Je dis : « Qui est cet homme ?

— Il était autrefois membre du Congrès et c'était un bon. Mais il fut pris dans une tempête de neige alors qu'il voyageait en train et faillit mourir de faim. Il eut si froid, fut si gelé et si ébranlé par la faim, qu'il tomba malade et devint fou deux ou trois mois plus tard. Il va bien maintenant, seulement il est monomaniaque et, quand il aborde ce vieux sujet, il ne s'arrête jamais avant d'avoir mangé toutes les personnes du wagon dont il parle. Il aurait certainement mangé tout le monde cette fois s'il n'avait pas dû descendre ici. Il connaît les noms par cœur, comme son alphabet. Quand il a mangé tout le monde sauf lui, il dit toujours :

'Then the hour for the usual election for breakfast having arrived, and there being no opposition, I was duly elected, after which, there being
no objections offered, I resigned. Thus I am
here.'"

I felt inexpressibly relieved to know that I had
only been listening to the harmless vagaries of a
madman instead of the genuine experiences of
a bloodthirsty cannibal.

(1868)

"Comme l'heure de l'élection habituelle pour le déjeuner était arrivée et qu'il n'y avait pas d'autre candidat, je fus élu sans éclat et, comme il n'y eut pas d'objection, je me résignai. Alors me voilà." »

Je me sentis inexprimablement soulagé de savoir que j'avais seulement écouté les divagations inoffensives d'un malade et non les expériences authentiques d'un cannibale assoiffé de sang.

(1868)

## *How I Edited an Agricultural Paper*

I did not take temporary editorship of an agricultural paper without misgivings. Neither would a landsman take command of a ship without misgivings. But I was in circumstances that made the salary an object. The regular editor of the paper was going off for a holiday, and I accepted the terms he offered, and took his place.

The sensation of being at work again was luxurious, and I wrought all the week with unflagging pleasure. We went to press, and I waited a day with some solicitude to see whether my effort was going to attract any notice. As I left the office, toward sundown, a group of men and boys at the foot of the stairs dispersed with one impulse, and gave me passageway, and I heard one or two of them say : "That's him!" I was naturally pleased by this incident.

# Comment j'ai dirigé
# un journal d'agriculture[1]

Je ne me suis pas chargé de la direction temporaire d'un journal d'agriculture sans appréhension. De même un terrien ne prendrait pas le commandement d'un navire sans appréhension. Mais j'étais dans une situation qui faisait du salaire un but. Le directeur habituel du journal partait en vacances et j'acceptai les conditions qu'il proposait et pris sa place.

La sensation de se remettre au travail était voluptueuse et j'écrivis toute la semaine avec un plaisir qui ne faiblit pas. Nous mîmes sous presse et j'attendis toute la journée avec inquiétude pour voir si mes efforts allaient être remarqués. Alors que je quittais mon bureau, à la tombée du jour, un groupe d'hommes et de garçons en bas des escaliers se dispersa soudainement pour me laisser passer et j'entendis un ou deux d'entre eux dire : « C'est lui ! » Je fus bien sûr content de cet incident.

1. Cette nouvelle est extraite de *Sketches New and Old*.

The next morning I found a similar group at the foot of the stairs, and scattering couples and individuals standing here and there in the street and over the way, watching me with interest. The group separated and fell back as I approached, and I heard a man say, "Look at his eye!" I pretended not to observe the notice I was attracting, but secretly I was pleased with it, and was purposing to write an account of it to my aunt. I went up the short flight of stairs, and heard cheery voices and a ringing laugh as I drew near the door, which I opened, and caught a glimpse of two young rural-looking men, whose faces blanched and lengthened when they saw me, and then they both plunged through the window with a great crash. I was surprised.

In about half an hour an old gentleman, with a flowing beard and a fine but rather austere face, entered, and sat down at my invitation. He seemed to have something on his mind. He took off his hat and set it on the floor, and got out of it a red silk handkerchief and a copy of our paper.

He put the paper on his lap, and while he polished his spectacles with his handkerchief he said, "Are you the new editor?"

I said I was.

"Have you ever edited an agricultural paper before?"

"No," I said; "this is my first attempt."

"Very likely. Have you had any experience in agriculture practically?"

"No; I believe I have not."

Le lendemain matin, je trouvai un groupe identique au pied des escaliers et des couples ou des personnes seules réparties dans la rue et sur le chemin, qui me regardaient avec intérêt. Le groupe se dispersa et recula quand j'approchai et j'entendis un homme dire : « Voyez son regard ! » Je fis mine de ne pas remarquer l'attention dont j'étais l'objet, mais j'en étais secrètement ravi et je projetai d'en écrire un compte rendu à ma tante. Je gravis la petite volée de marches et j'entendis des voix joyeuses et des rires sonores quand j'arrivai près de la porte. Je l'ouvris pour voir deux jeunes hommes à l'air campagnard dont les visages pâlirent et s'allongèrent quand ils me virent ; tous deux sautèrent par la fenêtre avec un grand bruit. Je fus surpris.

Environ une demi-heure plus tard, un vieux monsieur à la longue barbe et au visage fin mais austère entra et s'assit sur mon invitation. Il semblait préoccupé. Il ôta son chapeau et le posa par terre, puis sortit un mouchoir de soie rouge et un exemplaire de notre journal.

Il mit le journal sur ses genoux et, pendant qu'il essuyait ses lunettes avec son mouchoir, il dit : « Êtes-vous le nouveau rédacteur ? »

Je dis oui.

« Avez-vous déjà dirigé un journal d'agriculture auparavant ?

— Non, dis-je, c'est mon premier essai.

— Vraisemblablement. Avez-vous une quelconque expérience en matière d'agriculture ?

— Non, je ne le crois pas.

"Some instinct told me so," said the old gentleman, putting on his spectacles, and looking
over them at me with asperity, while he folded his
paper into a convenient shape. "I wish to read
you what must have made me have that instinct.
It was this editorial. Listen, and see if it was you
that wrote it :

> Turnips should never be pulled, it injures them.
> It is much better to send a boy up and let him
> shake the tree.

"Now, what do you think of that? — for I
really suppose you wrote it?"

"Think of it? Why, I think it is good. I think it
is sense. I have no doubt that every year millions
and millions of bushels of turnips are spoiled in
this township alone by being pulled in a half-ripe
condition, when, if they had sent a boy up to
shake the tree —"

"Shake your grandmother! Turnips don't
grow on trees!"

"Oh, they don't, don't they? Well, who said
they did? The language was intended to be figurative, wholly figurative. Anybody that knows
anything will know that I meant that the boy
should shake the vine."

Then this old person got up and tore his paper
all into small shreds, and stamped on them, and
broke several things with his cane, and said I did
not know as much as a cow;

— Mon instinct me l'avait dit, répondit le vieux monsieur en mettant ses lunettes et en me regardant avec sévérité tandis qu'il pliait son journal. Je souhaite vous lire ce qui a guidé mon instinct. C'est cet éditorial. Écoutez et dites-moi si c'est vous qui l'avez écrit :

> Il ne faut jamais cueillir les navets, cela les abîme. Il vaut mieux envoyer un jeune garçon dans l'arbre et lui demander de le secouer.

Maintenant, qu'en pensez-vous ? car je suppose que vous l'avez écrit ?

— Ce que j'en pense ? Eh bien, je pense que c'est bon. Je pense que ça se tient. Je ne doute pas que chaque année des millions et des millions de demi-boisseaux[1] de navets sont gâtés dans cette seule commune parce qu'on les cueille à moitié mûrs, alors que si l'on envoyait un garçon dans l'arbre pour le secouer…

— Secouez votre grand-mère ! Les navets ne poussent pas dans les arbres !

— Ah, vraiment ? Eh bien, qui a dit qu'ils poussaient dans des arbres ? C'est du langage figuré, entièrement figuré. N'importe qui s'y connaissant comprendra que je voulais dire que le garçon devait secouer la tige. »

Alors ce vieil homme se leva et déchira son journal en petits morceaux, puis les piétina, cassa différentes choses avec sa canne et dit que j'en savais autant qu'une vache ;

---

1. Un boisseau équivaut environ à 36 litres.

and then went out and banged the door after him, and, in short, acted in such a way that I fancied he was displeased about something. But not knowing what the trouble was, I could not be any help to him.

Pretty soon after this a long, cadaverous creature, with lanky locks hanging down to his shoulders, and a week's stubble bristling from the hills and valleys of his face, darted within the door, and halted, motionless, with finger on lip, and head and body bent in listening attitude. No sound was heard. Still he listened. No sound. Then he turned the key in the door, and came elaborately tiptoeing toward me till he was within long reaching distance of me, when he stopped and, after scanning my face with intense interest for a while, drew a folded copy of our paper from his bosom, and said :

"There, you wrote that. Read it to me — quick ! Relieve me. I suffer."

I read as follows ; and as the sentences fell from my lips I could see the relief come, I could see the drawn muscles relax, and the anxiety go out of the face, and rest and peace steal over the features like the merciful moonlight over a desolate landscape :

> The guano is a fine bird, but great care is necessary in rearing it. It should not be imported earlier than June or later than September. In the winter it should be kept in a warm place, where it can hatch out its young.

ensuite il sortit et claqua la porte derrière lui ; bref, il agit de façon à me laisser penser qu'il était mécontent pour une raison quelconque. Mais, ne sachant pas quel était le problème, je ne pouvais lui être d'aucune aide.

Peu de temps après, une grande créature cadavérique, avec de longues mèches qui lui pendaient sur les épaules et une barbe d'une semaine qui se hérissait sur les monts et les vallées de son visage, se précipita à ma porte et s'immobilisa, un doigt sur la lèvre, la tête et le corps penchés dans une attitude d'écoute. On n'entendait pas un bruit. Il écouta encore. Pas un bruit. Alors il tourna la clef dans la porte et vint avec précaution vers moi sur la pointe des pieds ; quand il fut à quelque distance de moi, il s'arrêta et, après m'avoir dévisagé intensément, tira de son sein un exemplaire plié de notre journal et dit :

« Alors, vous avez écrit ça. Lisez-le-moi, et vite ! Soulagez-moi. Je souffre. »

Je lus ce qui suit et, comme les phrases tombaient de mes lèvres, je pouvais voir le soulagement arriver, je pouvais voir les muscles tendus se relâcher, l'anxiété quitter son visage et le calme et la paix envahir ses traits telle la lumière miséricordieuse de la lune sur une lande désolée :

Le guano est un bel oiseau, mais son élevage demande de grands soins. Il ne faudrait pas l'importer avant juin ou après septembre. En hiver, il devrait être gardé au chaud, là où il peut couver ses petits.

It is evident that we are to have a backward season for grain. Therefore it will be well for the farmer to begin setting out his corn-stalks and planting his buckwheat cakes in July instead of August.

Concerning the pumpkin. This berry is a favorite with the natives of the interior of New England, who prefer it to the gooseberry for the making of fruit-cake, and who likewise give it the preference over the raspberry for feeding cows, as being more filling and fully as satisfying. The pumpkin is the only esculent of the orange family that will thrive in the North, except the gourd and one or two varieties of the squash. But the custom of planting it in the front yard with the shrubbery is fast going out of vogue, for it is now generally conceded that the pumpkin as a shade tree is a failure.

Now, as the warm weather approaches, and the ganders begin to spawn —

The excited listener sprang toward me to shake hands, and said :

"There, there — that will do. I know I am all right now, because you have read it just as I did, word for word. But, stranger, when I first read it this morning, I said to myself, I never, never believed it before, notwithstanding my friends kept me under watch so strict, but now I believe I *am* crazy;

Il est évident que nous allons avoir une saison tardive pour les graines. C'est pourquoi il serait bon que les fermiers commencent à sortir leurs tiges de maïs et à planter leurs graines de sarrasin en juillet plutôt qu'en août.

À propos de la citrouille. Cette baie est la favorite des natifs de l'intérieur de la Nouvelle-Angleterre qui la préfèrent à la groseille pour les gâteaux aux fruits, et lui donnent aussi la préférence sur la framboise pour nourrir les vaches, car elle est plus nourrissante et tout à fait satisfaisante. La citrouille est le seul comestible de la famille de l'orange qui pousse bien dans le Nord, à l'exception de la courge et d'une ou deux variétés de cucurbitacées. Mais l'habitude de la planter devant la maison dans les massifs est en train de passer rapidement de mode, car il est maintenant généralement admis que l'arbre à citrouilles n'a pas les vertus requises pour faire de l'ombre.

Maintenant, comme la saison chaude approche et que les jars commencent à frayer...

Mon interlocuteur excité bondit vers moi pour me serrer les mains et dit :

« Là, là, ça suffit. Maintenant je sais que je vais bien parce que vous l'avez lu exactement comme moi, mot pour mot. Mais, mon gars[1], quand je l'ai lu pour la première fois ce matin, je me suis dit que je ne l'avais jamais, jamais cru auparavant, bien que mes amis m'aient surveillé de près, mais maintenant je voulais bien croire que j'*étais* fou ;

---

1. *Stranger* : américanisme, familier ici, au vocatif.

and with that I fetched a howl that you might
have heard two miles, and started out to kill
somebody — because, you know, I knew it would
come to that sooner or later, and so I might as
well begin. I read one of them paragraphs over
again, so as to be certain, and then I burned my
house down and started. I have crippled several
people, and have got one fellow up a tree, where
I can get him if I want him. But I thought I
would call in here as I passed along and make the
thing perfectly certain; and now it *is* certain, and
I tell you it is lucky for the chap that is in the tree.
I should have killed him sure, as I went back.
Good-by, sir, good-by; you have taken a great
load off my mind. My reason has stood the strain
of one of your agricultural articles, and I know
that nothing can ever unseat it now. *Good*-by,
sir."

I felt a little uncomfortable about the cripplings
and arsons this person had been entertaining
himself with, for I could not help feeling remotely
accessory to them. But these thoughts were quickly
banished, for the regular editor walked in! [I
thought to myself, Now if you had gone to Egypt
as I recommended you to, I might have had a
chance to get my hand in; but you wouldn't do
it, and here you are. I sort of expected you.]

The editor was looking sad and perplexed and
dejected.

He surveyed the wreck which that old rioter
and those two young farmers had made, and then
said :

alors j'ai poussé un hurlement qu'on a peut-être entendu à deux miles et je suis sorti pour tuer quelqu'un… parce que, vous savez, comme je pensais que cela arriverait tôt ou tard, je pouvais aussi bien commencer tout de suite. J'ai relu un de ces paragraphes, pour être bien sûr, puis j'ai mis le feu à ma maison et je suis parti. J'ai estropié plusieurs personnes et j'en ai fait monter une dans un arbre, où je peux la retrouver si je le veux. Mais je me suis dit que je devais venir ici en passant et m'assurer complètement de la chose ; et maintenant *c'est* sûr, et je peux vous dire que c'est une chance pour le type dans l'arbre. Je l'aurais certainement tué en rentrant. Au revoir, monsieur, au revoir, vous m'avez ôté un grand poids de l'esprit. Ma raison a tenu le choc d'un de vos articles sur l'agriculture, et je sais maintenant que rien ne pourra jamais l'ébranler. *Au revoir*, monsieur. »

Je me sentais un peu mal à l'aise en pensant aux estropiés et aux incendies dont cet homme était responsable, car je ne pouvais pas m'empêcher de me sentir un peu complice. Mais ces réflexions furent rapidement bannies car le véritable directeur entra ! (Je me dis intérieurement : « Si vous aviez été en Égypte comme je vous l'avais recommandé, j'aurais eu une chance de m'en tirer, mais vous n'avez pas voulu et vous voilà. Je vous attendais un peu… »)

Le directeur semblait triste, perplexe et découragé.

Il contempla le désastre causé par le vieil émeutier et les deux jeunes fermiers, puis dit :

"This is a sad business — a very sad business. There is the mucilage-bottle broken, and six panes of glass, and a spittoon, and two candlesticks. But that is not the worst. The reputation of the paper is injured — and permanently, I fear. True, there never was such a call for the paper before, and it never sold such a large edition or soared to such celebrity; — but does one want to be famous for lunacy, and prosper upon the infirmities of his mind? My friend, as I am an honest man, the street out here is full of people, and others are roosting on the fences, waiting to get a glimpse of you, because they think you are crazy. And well they might after reading your editorials. They are a disgrace to journalism. Why, what put it into your head that you could edit a paper of this nature? You do not seem to know the first rudiments of agriculture. You speak of a furrow and a harrow as being the same thing; you talk of the moulting season for cows; and you recommend the domestication of the pole-cat on account of its playfulness and its excellence as a ratter! Your remark that clams will lie quiet if music be played to them was superfluous — entirely superfluous. Nothing disturbs clams. Clams *always* lie quiet. Clams care nothing whatever about music. Ah, heavens and earth, friend!

« C'est une triste affaire, une très triste affaire. La bouteille de mucilage[1] est cassée ainsi que six vitres, un crachoir et deux bougies. Mais ce n'est pas le pire. La réputation du journal est compromise, et pour longtemps, j'en ai peur. Il est vrai qu'il n'y a jamais eu une telle demande pour le journal auparavant et nous n'avons jamais vendu d'édition à un si grand tirage ni n'avons atteint une telle célébrité. Mais qui veut être connu pour sa folie et faire fortune grâce à ses infirmités mentales ? Mon ami, aussi vrai que je suis un honnête homme, la rue, dehors, est pleine de gens et d'autres sont juchés sur les palissades à attendre de vous apercevoir parce qu'ils pensent que vous êtes dingue. Et ils ont de quoi, après avoir lu vos articles. Ceux-ci sont la honte du journalisme. Pourquoi, qu'est-ce qui vous a mis dans la tête que vous pouviez diriger un journal de ce genre ? Vous ne semblez pas connaître les premiers rudiments d'agriculture. Vous parlez d'un sillon et d'une herse comme si c'était la même chose, vous parlez de la saison de la mue pour les vaches et vous préconisez la domestication du putois à cause de sa bonne humeur et de ses qualités de ratier ! Votre remarque sur les palourdes qui restent calmes si on leur joue de la musique est superflue, tout à fait superflue. Rien ne dérange les palourdes. Les palourdes sont *toujours* calmes. Les palourdes se fichent complètement de la musique. Ah, au nom du ciel et de la terre, mon ami !

---

1. Liquide visqueux à base de gomme, qui entre dans la confection de différents produits épaississants ou adhésifs.

if you had made the acquiring of ignorance the study of your life, you could not have graduated with higher honor than you could to-day. I never saw anything like it. Your observation that the horse-chestnut as an article of commerce is steadily gaining in favor is simply calculated to destroy this journal. I want you to throw up your situation and go. I want no more holiday — I could not enjoy it if I had it. Certainly not with you in my chair. I would always stand in dread of what you might be going to recommend next. It makes me lose all patience every time I think of your discussing oyster-beds under the head of 'Landscape Gardening.' I want you to go. Nothing on earth could persuade me to take another holiday. Oh! why didn't you *tell* me you didn't know anything about agriculture?"

"*Tell* you, you corn-stalk, you cabbage, you son of a cauliflower? It's the first time I ever heard such an unfeeling remark. I tell you I have been in the editorial business going on fourteen years, and it is the first time I ever heard of a man's having to know anything in order to edit a newspaper. You turnip! Who write the dramatic critiques for the second-rate papers? Why, a parcel of promoted shoemakers and apprentice apothecaries, who know just as much about good acting as I do about good farming and no more. Who review the books? People who never wrote one. Who do up the heavy leaders on finance?

si vous aviez consacré votre vie à acquérir l'ignorance, vous ne pourriez pas être diplômé avec
plus d'honneurs qu'aujourd'hui. Je n'ai jamais
rien vu de tel. Votre observation sur le marron
comme marchandise qui gagne régulièrement
en faveur est simplement calculée pour couler ce
journal. Je veux que vous démissionniez de votre
poste et que vous partiez. Je ne pars plus en
vacances : je ne pourrais pas en profiter si je par-
tais. Certainement pas avec vous dans mon fau-
teuil. Je serais toujours terrifié par ce que vous
pourriez recommander ensuite. Je perds patience
chaque fois que je pense à votre débat sur les
bancs d'huîtres dans la rubrique "Jardinage pay-
sager". Je veux que vous partiez. Rien sur la terre
ne pourrait me persuader de prendre d'autres
vacances. Oh ! pourquoi ne m'avez-vous pas *dit*
que vous ne connaissiez rien à l'agriculture ?

— Vous *dire*, espèce de plant de maïs, espèce
de chou, fils de chou-fleur ? C'est la première fois
que j'entends une remarque aussi cruelle. Je vous
ai dit que j'étais dans le journalisme depuis quatorze ans et c'est la première fois que j'entends
dire qu'un homme doit y connaître quelque chose
pour rédiger un journal. Espèce de navet ! Qui
écrit les critiques dramatiques pour des journaux
de second ordre ? Eh bien, une bande de save-
tiers parvenus et des apprentis apothicaires qui
en savent autant sur le jeu des acteurs que moi
sur l'exploitation agricole, pas plus. Qui fait les
critiques de livres ? Des gens qui n'en ont jamais
écrit un. Qui rédige les articles de fond sur la
finance ?

Parties who have had the largest opportunities for knowing nothing about it. Who criticize the Indian campaigns? Gentlemen who do not know a war-whoop from a wigwam, and who never have had to run a foot-race with a tomahawk, or pluck arrows out of the several members of their families to build the evening camp-fire with. Who write the temperance appeals, and clamor about the flowing bowl? Folks who will never draw another sober breath till they do it in the grave. Who edit the agricultural papers, you — yam? Men, as a general thing, who fail in the poetry line, yellow-colored novel line, sensation-drama line, city-editor line, and finally fall back on agriculture as a temporary reprieve from the poorhouse. *You* try to tell *me* anything about the newspaper business! Sir, I have been through it from Alpha to Omaha, and I tell you that the less a man knows the bigger the noise he makes and the higher the salary he commands. Heaven knows if I had but been ignorant instead of cultivated, and impudent instead of diffident, I could have made a name for myself in this cold, selfish world. I take my leave, sir. Since I have been treated as you have treated me, I am perfectly willing to go. But I have done my duty. I have fulfilled my contract as far as I was permitted to do it.

1. Wigwam : hutte, ou tipi, d'Indien.
2. Tomahawk : hache de guerre des Indiens.
3. *Clamor* = *clamour*.

Des types qui ont eu les plus grandes opportunités pour n'y rien connaître. Qui critique les campagnes contre les Indiens? Des messieurs qui ne reconnaissent pas un cri de guerre d'un wigwam[1] et qui n'ont jamais eu à battre à la course à pied un tomahawk[2] ou à arracher des flèches du corps des membres de leur famille pour alimenter le feu de camp du soir. Qui rédige les appels à la tempérance et vocifère[3] contre les verres qui débordent? Des gars qui ne prendront jamais une inspiration à jeun avant la tombe. Qui rédige les journaux d'agriculture, vous, igname? Des hommes, en général, qui ont échoué dans la carrière poétique, le roman scandaleux, le drame sensationnel, la chronique mondaine et finalement atterrissent dans l'agriculture, qui constitue pour eux un sursis temporaire à l'hospice. *Vous* voulez m'apprendre *à moi* quelque chose sur le journalisme! Monsieur, j'ai parcouru cette carrière de l'Alpha à l'Omaha[4] et je vous dis que moins un homme en sait, plus le bruit qu'il fait est grand et le salaire qu'il reçoit est élevé. Le Ciel sait que, si j'avais été ignare plutôt que cultivé et impudent plutôt que modeste, j'aurais pu me faire un nom dans ce monde froid et égoïste. Je pars, monsieur. Puisque j'ai été traité comme vous m'avez traité, je suis tout à fait désireux de partir. Mais j'ai fait mon devoir. J'ai rempli mon contrat autant qu'on m'a laissé le faire.

4. Calembour : Mark Twain écrit « Omaha », une ville du Nebraska, au lieu de « Omega », la dernière lettre de l'alphabet grec.

I said I could make your paper of interest to all classes — and I have. I said I could run your circulation up to twenty thousand copies, and if I had had two more weeks I'd have done it. And I'd have given you the best class of readers that ever an agricultural paper had — not a farmer in it, nor a solitary individual who could tell a watermelon-tree from a peach-vine to save his life. *You* are the loser by this rupture, not me, Pieplant. *Adios.*"

I then left.

(1870)

Je vous ai dit que je pourrais rendre votre journal intéressant pour toutes les classes sociales, et je l'ai fait. Je vous ai dit que je pourrais hausser votre tirage à vingt mille exemplaires et, si j'avais disposé de deux semaines supplémentaires, je l'aurais fait. Et je vous aurais offert la meilleure catégorie de lecteurs qu'un journal d'agriculture ait jamais eue : un lectorat sans un fermier, ni un seul individu capable de distinguer un arbre à pastèques d'une pêche de vigne pour sauver sa vie. *Vous* êtes le perdant dans cette rupture, pas moi, Plante à tourtes. *Adios.* »

Et je partis.

(1870)

# *Science* vs. *Luck*

At that time, in Kentucky (said the Hon. Mr. K —), the law was very strict against what is termed "games of chance." About a dozen of the boys were detected playing "seven-up" or "old sledge" for money, and the grand jury found a true bill against them. Jim Sturgis was retained to defend them when the case came up, of course. The more he studied over the matter, and looked into the evidence, the plainer it was that he must lose a case at last — there was no getting around that painful fact. Those boys had certainly been betting money on a game of chance. Even public sympathy was roused in behalf of Sturgis.

1. Cette nouvelle est extraite de *Sketches New and Old*.
*Vs.* = *versus*.
2. Aux États-Unis, cette formule, qu'on appose devant le nom de famille, est de rigueur pour les députés et les sénateurs ; elle est aussi attribuée à certains magistrats et fonctionnaires.
3. Jeu de cartes américain dans lequel une carte retournée

## Science contre hasard[1]

En ce temps-là, au Kentucky (disait l'honorable[2] M. K...), la loi était très stricte envers ce qui est appelé «jeux de hasard». Environ une douzaine de jeunes gens furent découverts en train de jouer au *seven-up* ou *old sledge*[3] pour de l'argent, et le grand jury prononça leur mise en accusation. Jim Sturgis fut désigné pour les défendre quand l'affaire serait jugée, bien sûr. Plus il étudiait le problème et cherchait une preuve, plus il devenait évident qu'il finirait par perdre l'affaire; il n'y avait pas moyen d'éviter ce triste fait. Ces jeunes gens avaient sans aucun doute parié de l'argent dans un jeu de hasard. Même la compassion du public s'élevait en faveur de Sturgis.

devient un atout. On marque un point à chaque donne si on a le plus gros atout et le plus petit, ainsi que le valet d'atout s'il est distribué. Pour gagner une levée, il faut avoir en main le plus grand nombre de cartes importantes, ou dans certaines variantes le dix d'atout. Un total de sept points est nécessaire pour remporter la partie. Ce jeu est également appelé *all fours* et *high-low-jack*.

People said it was a pity to see him mar his successful career with a big prominent case like this,
which must go against him.

But after several restless nights an inspired idea
flashed upon Sturgis, and he sprang out of bed
delighted. He thought he saw his way through.
The next day he whispered around a little among
his clients and a few friends, and then when the
case came up in court he acknowledged the seven-
up and the betting, and, as his sole defense, had
the astounding effrontery to put in the plea that
old sledge was not a game of chance! There was
the broadest sort of a smile all over the faces of
that sophisticated audience. The judge smiled
with the rest. But Sturgis maintained a countenance whose earnestness was even severe. The
opposite counsel tried to ridicule him out of his
position, and did not succeed. The judge jested
in a ponderous judicial way about the thing, but
did not move him. The matter was becoming
grave. The judge lost a little of his patience, and
said the joke had gone far enough. Jim Sturgis
said he knew of no joke in the matter — his
clients could not be punished for indulging in
what some people chose to consider a game of
chance until it was *proven* that it was a game
of chance. Judge and counsel said that would be
an easy matter, and forthwith called Deacons
Job, Peters, Burke, and Johnson, and Dominies
Wirt and Miggles, to testify; and they unanimously and with strong feeling put down the
legal quibble of Sturgis by pronouncing that old
sledge *was* a game of chance.

Les gens disaient qu'il était dommage de le voir gâcher sa brillante carrière avec une grosse affaire, remarquable comme celle-là, qui devait lui nuire.

Mais après plusieurs nuits sans sommeil, Sturgis eut une idée géniale et il bondit hors de son lit, ravi. Il pensait entrevoir la solution. Le lendemain, il fit courir le bruit parmi quelques-uns de ses clients et quelques amis et, quand l'affaire arriva devant la cour, il reconnut le jeu de cartes et le pari et, comme unique défense, il eut l'effronterie surprenante de plaider que ce jeu de cartes n'était pas un jeu de hasard! Une sorte de large sourire apparut sur tous les visages de l'auditoire choisi. Le juge sourit avec les autres. Mais Sturgis garda sa contenance dont le sérieux était même sévère. L'avocat adverse tenta de le ridiculiser d'une manière pesamment juridique à ce propos, mais ne l'émut pas. L'affaire devenait grave. Le juge perdit un peu patience et dit que la plaisanterie était allée assez loin. Jim Sturgis dit qu'il ne voyait aucune plaisanterie dans l'affaire : ses clients ne pouvaient pas être punis pour s'être livrés à ce que les gens choisissent de considérer comme un jeu de hasard tant qu'il n'était pas *prouvé* qu'il s'agissait d'un jeu de hasard. Le juge et l'avocat dirent que c'était une affaire aisée et appelèrent immédiatement les diacres Job, Peter, Burke et Johnson, ainsi que les maîtres Wirt et Miggles, pour témoigner; tous unanimement et avec une grande émotion dénoncèrent le subterfuge légal de Sturgis en déclarant que ce jeu de cartes *était* un jeu de hasard.

"What do you call it *now*?" said the judge.

"I call it a game of science!" retorted Sturgis; "and I'll prove it, too!"

They saw his little game.

He brought in a cloud of witnesses, and produced an overwhelming mass of testimony, to show that old sledge was not a game of chance but a game of science.

Instead of being the simplest case in the world, it had somehow turned out to be an excessively knotty one. The judge scratched his head over it awhile, and said there was no way of coming to a determination, because just as many men could be brought into court who would testify on one side as could be found to testify on the other. But he said he was willing to do the fair thing by all parties, and would act upon any suggestion Mr. Sturgis would make for the solution of the difficulty.

Mr. Sturgis was on his feet in a second.

"Impanel a jury of six of each, Luck *versus* Science. Give them candles and a couple of decks of cards. Send them into the jury-room, and just abide by the result!"

There was no disputing the fairness of the proposition. The four deacons and the two dominies were sworn in as the "chance" jurymen, and six inveterate old seven-up professors were chosen to represent the "science" side of the issue. They retired to the jury-room.

«Comment le nommez-vous *alors*? dit le juge.

— Je l'appelle un jeu de science! rétorqua Sturgis, et je vais aussi le prouver!»

Ils virent son petit manège.

Il appela une nuée de témoins et produisit une masse écrasante de témoignages pour montrer que ce jeu de cartes n'était pas un jeu de hasard mais un jeu de science.

Au lieu d'être l'affaire la plus simple du monde, c'était en quelque sorte devenu une affaire excessivement embrouillée. Le juge se gratta la tête pendant un moment et dit qu'il n'y avait aucun moyen d'arriver à une conclusion, car on pouvait produire devant la cour autant d'hommes qui témoigneraient dans un sens qu'on pourrait en trouver pour témoigner dans l'autre. Mais il dit qu'il voulait être juste envers chaque partie, et agirait selon ce que suggérerait M. Sturgis pour trouver la solution au problème.

M. Sturgis fut debout en une seconde.

«Dressez une liste[1] de six jurés pour chaque partie, Science *contre* Hasard. Donnez-leur des bougies et deux jeux de cartes. Envoyez-les dans la salle des jurés et attendez juste le résultat!»

Il n'y avait pas à discuter l'équité de la proposition. On fit prêter serment aux quatre diacres et aux deux maîtres comme jurés pour le Hasard, et six professeurs invétérés du jeu de cartes furent choisis pour représenter la partie Science du litige. Ils se retirèrent dans la salle des jurés.

---

1. *Impanel = empanel.*

In about two hours Deacon Peters sent into court to borrow three dollars from a friend. [Sensation.] In about two hours more Dominie Miggles sent into a court to borrow a "stake" from a friend. [Sensation.] During the next three or four hours the other dominie and the other deacons sent into court for small loans. And still the packed audience waited, for it was a prodigious occasion in Bull's Corners, and one in which every father of a family was necessarily interested.

The rest of the story can be told briefly. About daylight the jury came in, and Deacon Job, the foreman, read the following

## VERDICT

We, the jury in the case of the Commonwealth of Kentucky *vs.* John Wheeler *et al.*, have carefully considered the points of the case, and tested the merits of the several theories advanced, and do hereby unanimously decide that the game commonly known as old sledge or seven-up is eminently a game of science and not of chance.

Au bout d'environ deux heures, le diacre Peters envoya quelqu'un dans la cour pour emprunter trois dollars à un ami. (Sensation.) Environ deux heures plus tard le maître Miggles envoya quelqu'un dans la cour pour emprunter une « mise » à un ami. (Sensation.) Durant les trois ou quatre heures suivantes, l'autre maître et les autres diacres envoyèrent quelqu'un dans la cour pour de petits emprunts. L'auditoire entassé attendait toujours, car il s'agissait d'une affaire prodigieuse pour Bull's Corner et qui intéressait forcément chaque père de famille.

Le reste de l'histoire peut être raconté brièvement. Vers le lever du jour le jury entra et le diacre Job, le premier juré, lut ce qui suit :

## VERDICT

Nous, jurés dans l'affaire de l'État du Kentucky contre John Wheeler et autres[1], avons soigneusement considéré les détails de l'affaire et examiné les mérites des différentes théories avancées, et par la présente nous décidons unanimement que le jeu communément connu sous le nom de *old sledge* ou *seven-up* est éminemment un jeu de science et non de hasard.

1. *Et al. = et alii.*

In demonstration whereof it is hereby and herein stated, iterated, reiterated, set forth, and made manifest that, during the entire night, the "chance" men never won a game or turned a jack, although both feats were common and frequent to the opposition; and furthermore, in support of this our verdict, we call attention to the significant fact that the "chance" men are all busted, and the "science" men have got the money. It is the deliberate opinion of this jury, that the "chance" theory concerning seven-up is a pernicious doctrine, and calculated to inflict untold suffering and pecuniary loss upon any community that takes stock in it.

"That is the way that seven-up came to be set apart and particularlized in the statute-books of Kentucky as being a game not of chance but of science, and therefore not punishable under the law," said Mr. K——. "That verdict is of record, and holds good to this day."

(1870)

En démonstration duquel, par là et en cela, il a
été exposé, répété, montré et manifesté que,
durant la nuit entière, les hommes de la partie
Hasard n'ont jamais gagné un jeu ou retourné
un valet, alors que ces deux exploits furent cou-
rants et fréquents pour la partie opposée ; en
outre, pour appuyer notre verdict, nous attirons
l'attention sur le fait que les hommes de la partie
Hasard sont tous ruinés alors que les hommes
de la partie Science ont de l'argent. L'opinion
du jury, après délibération, est que la théorie du
hasard à propos du *seven-up* est une doctrine per-
nicieuse et élaborée pour infliger des souffrances
incalculables et des pertes pécuniaires à n'importe quels citoyens qui s'y conforment.

« C'est ainsi que le *seven-up* fut mis à part et
singularisé dans le code du Kentucky comme
n'étant pas un jeu de hasard, mais un jeu de
science, et par conséquent non punissable par la
loi, dit M. K... Ce verdict est établi et toujours en
vigueur aujourd'hui. »

(1870)

# The Great Landslide Case

The mountains are very high and steep about Carson, Eagle, and Washoe Valleys — very high and very steep, and so when the snow gets to melting off fast in the spring and the warm surface-earth begins to moisten and soften, the disastrous landslides commence. The reader cannot know what a landslide is, unless he has lived in that country and seen the whole side of a mountain taken off some fine morning and deposited down in the valley, leaving a vast, treeless, unsightly scar upon the mountain's front to keep the circumstance fresh in his memory all the years that he may go on living within seventy miles of that place.

General Buncombe was shipped out to Nevada in the invoice of territorial officers, to be United States Attorney.

# Le grand procès
## du glissement de terrain[1]

Les montagnes sont très hautes et escarpées autour des vallées de Carson, Eagle et Washoe, très hautes et escarpées ; aussi, quand au printemps la neige se met à fondre rapidement et que la surface de la terre chaude devient humide et molle, des glissements de terrain désastreux commencent. Le lecteur ne peut pas savoir ce qu'est un glissement de terrain, à moins qu'il n'ait vécu dans cette région et vu un pan entier de montagne emporté un beau matin et déposé dans la vallée, ce qui laisse une large cicatrice disgracieuse, sans arbres, sur l'avant de la montagne et garde l'événement présent à sa mémoire toutes les années qu'il a à vivre à moins de soixante-dix miles de l'endroit.

Le général Buncombe avait été expédié au Nevada dans la fournée des fonctionnaires territoriaux pour être l'attorney[2] des États-Unis.

1. Cette nouvelle est extraite de *Roughing It*.
2. Un *attorney* est un magistrat.

He considered himself a lawyer of parts, and he very much wanted an opportunity to manifest it — partly for the pure gratification of it and partly because his salary was territorially meager (which is a strong expression). Now the older citizens of a new territory look down upon the rest of the world with a calm, benevolent compassion, as long as it keeps out of the way — when it gets in the way they snub it. Sometimes this latter takes the shape of a practical joke.

One morning Dick Hyde rode furiously up to General Buncombe's door in Carson City and rushed into his presence without stopping to tie his horse. He seemed much excited. He told the General that he wanted him to conduct a suit for him and would pay him five hundred dollars if he achieved a victory. And then, with violent gestures and a world of profanity, he poured out his griefs. He said it was pretty well known that for some years he had been farming (or ranching, as the more customary term is) in Washoe District, and making a successful thing of it, and furthermore it was kwown that his ranch was situated just in the edge of the valley, and that Tom Morgan owned a ranch immediately above it on the mountainside.

Il se considérait comme un juriste de talent et recherchait une occasion de le montrer, en partie par pure satisfaction et en partie parce que son salaire était territorialement maigre[1] (ce qui est un mot fort). Or les plus anciens citoyens d'un nouveau territoire contemplent le reste du monde avec une compassion sereine, bienveillante, tant qu'on ne se met pas sur leur chemin — quand on se met sur leur chemin, ils vous rabrouent. Quelquefois cela prend la forme d'une mauvaise farce.

Un matin, Dick Hyde galopa furieusement jusque devant la porte du général Buncombe, à Carson City, et se précipita chez lui sans s'arrêter pour attacher son cheval. Il semblait très excité. Il dit au général qu'il voulait que celui-ci attente une action en justice pour lui et qu'il le paierait cinq cents dollars s'il remportait la victoire. Puis, avec des gestes violents et une foule de jurons, il déversa ses griefs. Selon lui il était bien connu que, depuis des années, il exploitait une ferme (ou un ranch, comme on dit d'habitude) dans le district de Washoe et qu'il le faisait avec succès ; de plus on savait que son ranch était situé juste au bord de la vallée et que Tom Morgan était le propriétaire du ranch établi juste au-dessus, à flanc de montagne.

---

1. *Meager = maigre.*

And now the trouble was, that one of those hated and dreaded landslides had come and slid Morgan's ranch, fences, cabins, cattle, barns, and everything down on top of *his* ranch and exactly covered up every single vestige of his property, to a depth of about thirty-eight feet. Morgan was in possession and refused to vacate the premises — said he was occupying his own cabin and not interfering with anybody else's — and said the cabin was standing on the same dirt and same ranch it had always stood on, and he would like to see anybody make him vacate.

"And when I reminded him," said Hyde, weeping, "that it was on top of my ranch and that he was trespassing, he had the infernal meanness to ask me why didn't I *stay* on my ranch and hold possession when I see him a-coming! Why didn't I *stay* on it, the blathering lunatic — by George, when I heard that racket and looked up that hill it was just like the whole world was a-ripping and a-tearing down that mountainside — splinters and cord-wood,

Maintenant le problème était que l'un de ces glissements de terrain détestés et redoutés avait eu lieu et avait fait descendre le ranch de Morgan, ses clôtures, ses cabanes, son bétail, ses granges et tout le reste sur *son* ranch et recouvrait exactement chaque parcelle de sa propriété, sur une hauteur d'environ trente-huit pieds[1]. Morgan occupait le terrain et refusait de libérer les lieux : il disait qu'il occupait sa propre cabane et qu'il n'empiétait sur personne ; il disait aussi que cette cabane se dressait sur le même tas de boue et le même ranch que depuis toujours, et qu'il aimerait bien voir que quelqu'un l'évacue.

« Et quand je lui ai rappelé, dit Hyde en pleurant, que c'était sur mon propre ranch qu'il empiétait, il a eu la bassesse diabolique de me demander pourquoi je n'étais pas *resté* dans mon ranch et n'avais pas fait valoir mes droits de propriétaire quand je l'avais vu venir[2] ! Pourquoi je n'étais pas *resté*, le fou en plein délire ! Parbleu, quand j'ai entendu ce tintamarre et que j'ai vu le sommet de la montagne, c'était comme si le monde entier se fendait et se déchirait sur le flanc de cette montagne, les éclats de bois et les troncs d'arbres[3],

---

1. *Thirty-eight feet* = 14,40 mètres.
2. *A-coming*, et plus loin *a-ripping, a-tearing :* construction archaïque.
3. *Cord-wood :* américanisme.

thunder and lightning, hail and snow, odds and ends of haystacks, and awful clouds of dust! — trees going end over end in the air, rocks as big as a house jumping 'bout a thousand feet high and busting into ten million pieces, cattle turned inside out and a-coming head on with their tails hanging out between their teeth! — and in the midst of all that wrack and destruction sot that cussed Morgan on his gatepost, a-wondering why I didn't *stay and hold possession*! Laws bless me, I just took one glimpse, General, and lit out'n the county in three jumps exactly.

"But what grinds me is that that Morgan hangs on there and won't move off'n that ranch — says it's his'n and he's going to keep it — likes it bet-ter'n he did when it was higher up the hill. Mad! Well, I've been so mad for two days I couldn't find my way to town — been wandering around in the brush in a starving condition — got any-thing here to drink, General? But I'm here *now*, and I'm a-going to law. You hear *me*!"

Never in all the world, perhaps, were a man's feelings so outraged as were the General's. He said he had never heard of such high-handed conduct in all his life as this Morgan's. And he said there was no use in going to law —

le tonnerre et la foudre, la grêle et la neige, des débris et des paquets de meules de foin, et un abominable nuage de poussière, des arbres qui tournoyaient dans les airs, des rochers aussi gros qu'une maison qui sautaient à mille pieds de haut et éclataient[1] en dix millions de morceaux, le bétail retourné qui tombait sur la tête avec la queue pendant entre les dents ! Et au milieu de toutes ces ruines[2] et de ce ravage, cet horrible ivrogne de Morgan sur le montant de sa porte, qui se demandait pourquoi je n'étais pas *resté pour revendiquer mon bien* ! Bon Dieu, j'ai juste jeté un coup d'œil, général, et j'ai filé en exactement trois sauts loin de ce pays.

« Mais ce qui me pulvérise c'est que Morgan se cramponne et qu'il ne bougera pas de ce ranch. Il dit que c'est le sien et qu'il va le garder, qu'il est mieux que quand il était plus haut dans la montagne. Fou ! J'ai été si fou pendant deux jours que je n'ai pas pu trouver mon chemin jusqu'à la ville, j'ai erré dans les broussailles en mourant de faim — z'avez rien à boire ici, général ? Mais *maintenant* je suis là et je vais en justice. Vous *m'*entendez ! »

Jamais dans le monde entier, peut-être, il n'y eut un homme dont les sentiments étaient aussi outragés que ceux du général. Il dit qu'il n'avait jamais entendu parler de toute sa vie d'une conduite aussi cavalière que celle de Morgan. Et il dit qu'il était inutile d'aller en justice :

1. *To bust* : familier.
2. *Wrack = rack.*

Morgan had no shadow of right to remain where he was — nobody in the wide world would uphold him in it, and no lawyer would take his case and no judge listen to it. Hyde said that right there was where he was mistaken — everybody in town sustained Morgan; Hal Brayton, a very smart lawyer, had taken his case; the courts being in vacation, it was to be tried before a referee, and ex-Governor Roop had already been appointed to that office, and would open his court in a large public hall near the hotel at two that afternoon.

The General was amazed. He said he had suspected before that the people of that territory were fools, and now he knew it. But he said rest easy, rest easy and collect the witnesses, for the victory was just as certain as if the conflict were already over. Hyde wiped away his tears and left.

At two in the afternoon referee Roop's Court opened, and Roop appeared throned among his sheriffs, the witnesses, and spectators, and wearing upon his face a solemnity so awe-inspiring that some of his fellow-conspirators had misgivings that maybe he had not comprehended, after all, that this was merely a joke. An unearthly stillness prevailed, for at the slightest noise the judge uttered sternly the command:

"Order in the Court!"

Morgan n'avait pas l'ombre d'un droit de rester où il était. Personne dans le vaste monde ne le soutiendrait et pas un juriste ne prendrait sa défense, pas un juge ne l'écouterait. Hyde dit que justement là il se trompait : en ville tout le monde soutenait Morgan ; Hal Brayton, un avocat très capable, avait pris l'affaire ; la cour étant en vacances, cela allait être jugé devant un arbitre et l'ex-gouverneur Roop avait déjà été choisi pour cet office et tiendrait sa séance dans une grande salle publique près de l'hôtel à deux heures cet après-midi.

Le général fut stupéfait. Il dit qu'il avait déjà soupçonné les gens de ce territoire d'être idiots et que maintenant il en était sûr. Mais il dit de rester calme, de rester calme et de rassembler les témoins, car la victoire était tout aussi assurée que si le conflit était déjà réglé. Hyde essuya ses larmes et partit.

À deux heures de l'après-midi, la cour arbitrale de Roop ouvrit et Roop apparut, trônant entre ses shérifs[1], les témoins et les spectateurs, le visage empreint d'une solennité inspirant un tel respect que certains de ses complices craignirent qu'il n'ait pas compris, après tout, que c'était seulement une blague. Un silence surnaturel régnait, car au plus léger bruit le juge prononçait sévèrement l'ordre :

« Silence dans la cour ! »

---

1. Aux États-Unis, les shérifs sont des officiers d'administration, généralement élus, chargés du maintien de l'ordre et de l'exécution des sentences.

And the sheriffs promptly echoed it. Presently the General elbowed his way through the crowd of spectators, with his arms full of law-books, and on his ears fell an order from the judge which was the first respectful recognition of his high official dignity that had ever saluted them, and it trickled pleasantly through his whole system :

"Way for the United States Attorney!"

The witnesses were called — legislators, high government officers, ranchmen, miners, Indians, Chinamen, negroes. Three-fourths of them were called by the defendant Morgan, but no matter, their testimony invariably went in favor of the plaintiff Hyde. Each new witness only added new testimony to the absurdity of a man's claiming to own another man's property because his farm had slid down on top of it. Then the Morgan lawyers made their speeches, and seemed to make singularly weak ones — they did really nothing to help the Morgan cause. And now the General, with exultation in his face, got up and made an impassioned effort;

Et les shérifs le répétaient promptement. À présent le général, les bras pleins de livres de droit, se frayait un chemin à travers la foule de spectateurs et à ses oreilles retentit un ordre du juge, ce qui était la première reconnaissance respectueuse de son statut officiel dont on l'ait jamais gratifié, et cela traversa agréablement tout son corps :

« Place à l'attorney des États-Unis ! »

Les témoins furent appelés, des législateurs, des hauts fonctionnaires, des fermiers, des mineurs, des Indiens, des Chinois, des Noirs. Les trois quarts d'entre eux étaient cités par l'accusé Morgan, mais qu'importe, leur témoignage était invariablement en faveur du plaignant Hyde. Chaque nouveau témoin ajoutait seulement un nouveau témoignage à l'absurdité d'un homme qui prétendait posséder la propriété d'un autre parce que sa ferme avait glissé dessus. Puis les avocats de Morgan prononcèrent leurs plaidoiries, qui parurent particulièrement faibles — elles n'aidèrent vraiment pas la cause de Morgan. Alors le général, le visage rayonnant, se leva et fit un discours passionné :

he pounded the table, he banged the law-books, he shouted, and roared, and howled, he quoted from everything and everybody, poetry, sarcasm, statistics, history, pathos, bathos, blasphemy, and wound up with a grand warwhoop for free speech, freedom of the press, free schools, the Glorious Bird of America and the principles of eternal justice! [Applause.]

When the General sat down, he did it with the conviction that if there was anything in good strong testimony, a great speech and believing and admiring countenances all around, Mr. Morgan's case was killed. Ex-Governor Roop leaned his head upon his hand for some minutes, thinking, and the still audience waited for his decision. And then he got up and stood erect, with bended head, and thought again. Then he walked the floor with long, deliberate strides, his chin in his hand, and still the audience waited. At last he returned to his throne, seated himself, and began, impressively:

"Gentlemen, I feel the great responsibility that rests upon me this day. This is no ordinary case. On the contrary, it is plain that it is the most solemn and awful that ever man was called upon to decide. Gentlemen, I have listened attentively to the evidence, and have perceived that the weight of it, the overwhelming weight of it, is in favor of the plaintiff Hyde.

il martela la table, ferma bruyamment ses livres de droit, il cria, rugit, hurla, cita tout et tout le monde, la poésie, le sarcasme, les statistiques, l'histoire, le pathos, la sentimentalité larmoyante, le blasphème, et lia le tout par un cri de guerre[1] en faveur de la libre expression, de la liberté de la presse, de l'école libre, du Glorieux Oiseau[2] américain et des principes de la justice éternelle! (Applaudissements.)

Quand le général s'assit, il le fit avec la conviction que, grâce au solide témoignage, grâce à son excellent plaidoyer et aux approbations convaincues et admiratives tout autour de lui, la cause de M. Morgan était morte. L'ex-gouverneur Roop posa sa tête sur sa main pendant quelques minutes, en réfléchissant, et l'auditoire silencieux attendit sa décision. Puis il se leva et se tint debout, la tête penchée, et réfléchit à nouveau. Ensuite il arpenta le sol à grands pas prudents, le menton dans sa main, et l'auditoire attendait toujours. À la fin il retourna sur son trône, s'assit, et commença avec force:

«Messieurs, je sens que c'est une lourde responsabilité qui pèse sur moi aujourd'hui. Ce n'est pas un procès ordinaire. Au contraire, il est évident que c'est le plus solennel et le plus affreux qu'un homme ait eu à juger. Messieurs, j'ai écouté attentivement les dépositions et j'ai compris que le poids, le poids écrasant, est en faveur du plaignant Hyde.

1. *Whoop = hoop.*
2. Il s'agit de l'aigle, emblème des États-Unis.

I have listened also to the remark of counsel, with high interest — and especially will I commend the masterly and irrefutable logic of the distinguished gentleman who represents the plaintiff. But, gentlemen, let us beware how we allow mere human testimony, human ingenuity in argument and human ideas of equity, to influence us at a moment so solemn as this. Gentlemen, it ill becomes us, worms as we are, to meddle with the decrees of Heaven. It is plain to me that Heaven, in its inscrutable wisdom, has seen fit to move this defendant's ranch for a purpose. We are but creatures, and we must submit. If Heaven has chosen to favor the defendant Morgan in this marked and wonderful manner; and if Heaven, dissatisfied with the position of the Morgan ranch upon the mountainside, has chosen to remove it to a position more eligible and more advantageous for its owner, it ill becomes us, insects as we are, to question the legality of the act or inquire into the reasons that prompted it. No — Heaven created the ranches, and it is Heaven's prerogative to rearrange them, to experiment with them, to shift them around at its pleasure. It is for us to submit, without repining. I warn you that this thing which has happened is a thing with which the sacrilegious hands and brains and tongues of men must not meddle.

J'ai également écouté les remarques de l'avocat avec un grand intérêt, et je loue spécialement la logique magistrale et irréfutable du distingué gentleman qui représente le plaignant. Mais, messieurs, prenons garde à la façon dont nous laissons de simples témoignages d'hommes, d'une ingéniosité d'homme dans leur argument et les idées humaines de l'égalité, nous influencer à un moment aussi solennel. Messieurs, il ne nous appartient pas, vers de terre que nous sommes, de nous immiscer dans les décrets du Ciel. Il me semble clair que le Ciel, dans son impénétrable sagesse, a jugé bon de déplacer le ranch du défendant à dessein. Nous ne sommes que des créatures et nous devons nous soumettre. Si le Ciel a tranché en faveur de l'accusé Morgan de cette manière évidente et merveilleuse, et si le Ciel, mécontent de la situation du ranch de Morgan sur le flanc de la montagne, a choisi de le déplacer pour un emplacement plus agréable et plus avantageux pour son propriétaire, il ne nous appartient pas, insectes que nous sommes, de remettre en cause la légalité de l'acte ou d'enquêter sur les raisons qui l'ont motivé. Non, le Ciel a créé les ranchs et il appartient au Ciel de les arranger de nouveau, de faire des expériences avec eux, de les déplacer selon son bon plaisir. Il nous faut nous soumettre, sans murmure. Je vous avertis que les mains sacrilèges, les cerveaux et les langues des hommes ne doivent pas se mêler de cette affaire.

Gentlemen, it is the verdict of this court that the plaintiff, Richard Hyde, has been deprived of his ranch by the visitation of God! And from this decision there is no appeal."

Buncombe seized his cargo of law-books and plunged out of the court-room frantic with indignation. He pronounced Roop to be a miraculous fool, an inspired idiot. In all good faith he returned at night and remonstrated with Roop upon his extravagant decision, and implored him to walk the floor and think for half an hour, and see if he could not figure out some sort of modification of the verdict. Roop yielded at last and got up to walk. He walked two hours and a half, and at last his face lit up happily and he told Buncombe it had occurred to him that the ranch underneath the new Morgan ranch still belonged to Hyde, that his title to the ground was just as good as it had ever been, and therefore he was of opinion that Hyde had a right to dig it out from under there and —

The General never waited to hear the end of it. He was always an impatient and irascible man, that way. At the end of two months the fact that he had been played upon with a joke had managed to bore itself, like another Hoosac Tunnel, through the solid adamant of his understanding.

(1872)

Messieurs, le verdict de la cour est que le plaignant, Richard Hyde, a été privé de son ranch par une punition de Dieu ! Et cette décision est sans appel. »

Buncombe saisit son chargement de livres de droit et se rua hors de la salle d'audience, fou d'indignation. Il déclara que Roop était un miraculeux imbécile, un idiot inspiré. En toute bonne foi, il revint à la nuit tombée, fit remarquer à Roop son extravagante décision, l'implora d'arpenter le parquet, de réfléchir une demi-heure et de voir s'il ne pouvait pas trouver quelque modification au verdict. Roop finit par céder et se leva pour marcher. Il marcha deux heures et demie, enfin son visage s'éclaira joyeusement et il dit à Buncombe qu'il lui était apparu que le ranch enseveli sous le nouveau ranch de Morgan appartenait toujours à Hyde, que son titre de propriétaire du terrain était toujours aussi valable et que donc il était d'avis que Hyde avait le droit de déterrer son ranch et...

Le général n'attendit pas d'entendre la fin. Il avait toujours été un homme impatient et irascible, en pareil cas. Au bout de deux mois, le fait qu'on lui avait joué un tour réussit à se frayer un chemin, comme un tunnel de l'Hoosac, dans le diamant massif de son intelligence.

(1872)

# Edward Mills and George Benton

## A Tale

These two were distantly related to each other
— seventh cousins, or something of that sort.
While still babies they became orphans, and were
adopted by the Brants, a childless couple, who
quickly grew very fond of them. The Brants were
always saying: "Be pure, honest, sober, industrious, and considerate of others, and success in
life is assured." The children heard this repeated
some thousands of times before they understood
it; they could repeat it themselves long before they
could say the Lord's Prayer; it was painted over
the nursery door, and was about the first thing
they learned to read. It was destined to become
the unswerving rule of Edward Mills's life. Sometimes the Brants changed the wording a little,
and said: "Be pure, honest, sober, industrious,
considerate, and you will never lack friends."

Baby Mills was a comfort to everybody about
him.

# Edward Mills et George Benton

## Un conte[1]

Ces deux-là étaient apparentés d'assez loin,
cousins au septième degré, ou quelque chose
comme ça. Alors qu'ils étaient bébés, ils devin-
rent orphelins et furent adoptés par les Brant,
un couple sans enfant, qui rapidement les aima
beaucoup. Les Brant disaient toujours : «Soyez
purs, honnêtes, sobres, travailleurs et attentionnés envers les autres et le succès dans la vie vous
sera acquis. » Les enfants entendirent répéter
cela des milliers de fois avant de le comprendre ;
ils purent le répéter bien avant de pouvoir dire le
*Notre Père* ; c'était peint sur la porte de la nursery et ce fut la première chose qu'ils apprirent
à lire. Cela devait devenir la règle ferme de la vie
d'Edward Mills. Quelquefois, les Brant en chan-
geaient un peu la formule et disaient : «Soyez
purs, honnêtes, sobres, travailleurs, attentionnés
et vous ne manquerez jamais d'amis. »

Bébé Mills était une source de satisfaction
pour tout le monde.

1. Ce texte est extrait de *The $ 30 000 Bequest.*

When he wanted candy and could not have it, he listened to reason, and contented himself without it. When Baby Benton wanted candy, he cried for it until he got it. Baby Mills took care of his toys; Baby Benton always destroyed his in a very brief time, and then made himself so insistently disagreeable that, in order to have peace in the house, little Edward was persuaded to yield up this playthings to him.

When the children were a little older, Georgie became a heavy expense in one respect : he took no care of his clothes; consequently, he shone frequently in new ones, which was not the case with Eddie. The boys grew apace. Eddie was an increasing comfort, Georgie an increasing solicitude. It was always sufficient to say, in answer to Eddie's petitions, "I would rather you would not do it" — meaning swimming, skating, picnicking, berrying, circusing, and all sorts of things which boys delight in. But *no* answer was sufficient for Georgie; he had to be humored in his desires, or he would carry them with a high hand. Naturally, no boy got more swimming, skating, berrying, and so forth than he; no boy ever had a better time. The good Brants did not allow the boys to play out after nine in summer evenings; they were sent to bed at that hour; Eddie honorably remained, but Georgie usually slipped out of the window toward ten, and enjoyed himself till midnight.

Quand il voulait un bonbon et ne pouvait pas l'avoir, il écoutait la raison du refus et se passait du bonbon. Quand Bébé Benton voulait un bonbon, il hurlait jusqu'à l'obtenir. Bébé Mills prenait soin de ses jouets; Bébé Benton les cassait toujours en très peu de temps, et se rendait si désagréable que, pour avoir la paix dans la maison, on persuadait le petit Edward de lui abandonner les siens.

Quand les enfants furent un peu plus grands, George devint un lourd fardeau à tout point de vue. Il ne prenait aucun soin de ses vêtements; du coup, il resplendissait fréquemment dans des vêtements neufs, ce qui n'était pas le cas d'Eddie. Les garçons grandirent rapidement. Eddie était un réconfort constant, Georgie un souci constant. Il suffisait toujours, pour répondre aux requêtes d'Eddie, à savoir aller nager, patiner, piqueniquer, cueillir des baies, aller au cirque, et toutes ces choses que les garçons aiment, de dire «J'aimerais mieux que tu ne le fasses pas». Mais *aucune* réponse ne suffisait à Georgie : on devait satisfaire ses désirs ou il les réalisait rondement. Bien sûr, aucun garçon n'alla autant nager, patiner, cueillir des baies, et ainsi de suite, que lui; aucun garçon n'eut autant de bon temps. Les Brant ne permettaient pas aux garçons de jouer dehors après neuf heures les soirs d'été; ils allaient se coucher à cette heure-là; Eddie restait honorablement[1] à la maison, mais Georgie se glissait par la fenêtre vers dix heures et s'amusait jusqu'à minuit.

1. *Honorably = honourably.*

It seemed impossible to break Georgie of this bad habit, but the Brants managed it at last by hiring him, with apples and marbles, to stay in. The good Brants gave all their time and attention to vain endeavors to regulate Georgie; they said, with grateful tears in their eyes, that Eddie needed no efforts of theirs, he was so good, so considerate, and in all ways so perfect.

By and by the boys were big enough to work, so they were apprenticed to a trade : Edward went voluntarily; George was coaxed and bribed. Edward worked hard and faithfully, and ceased to be an expense to the good Brants; they praised him, so did his master; but George ran away, and it cost Mr. Brant both money and trouble to hunt him up and get him back. By and by he ran away again — more money and more trouble. He ran away a third time — and stole a few little things to carry with him. Trouble and expense for Mr. Brant once more; and, besides, it was with the greatest difficulty that he succeeded in persuading the master to let the youth go unprosecuted for the theft.

Edward worked steadily along, and in time became a full partner in his master's business. George did not improve; he kept the loving hearts of his aged benefactors full of trouble, and their hands full of inventive activities to protect him from ruin.

Il semblait impossible de débarrasser Georgie de ses mauvaises habitudes, mais les Brant finirent par y arriver en le récompensant, avec des pommes et des billes, pour qu'il reste. Les bons Brant consacraient tout leur temps et leurs soins en vaines tentatives pour modérer Georgie; ils disaient, avec des larmes de reconnaissance dans les yeux, qu'Eddie ne leur demandait aucun effort, il était si bon, si attentionné et en tout point si parfait.

Bientôt les garçons furent assez grands pour travailler; aussi furent-ils mis en apprentissage dans un commerce; Eddie y alla volontairement, Georgie fut amadoué et corrompu. Edward travaillait durement et fidèlement, et cessa d'être une charge pour les bons Brant; ils firent son éloge, ainsi que son maître. Mais George s'enfuit et coûta à M. Brant à la fois de l'argent et des ennuis car il fallut le rattraper et le ramener. Un peu plus tard, il s'enfuit à nouveau — encore des dépenses et des ennuis. Il s'enfuit une troisième fois, et vola quelques petites choses qu'il emporta. Ennuis et dépenses pour M. Brant encore une fois; en outre, il eut la plus grande difficulté à persuader le maître de ne pas poursuivre le jeune homme pour vol.

Edward continua à travailler sérieusement et, à un moment, devint pleinement l'associé de son maître dans le travail. George ne s'améliorait pas; il continuait de remplir d'inquiétude le cœur affectueux de ses vieux bienfaiteurs ainsi que leurs mains pleines d'actions ingénieuses pour le protéger de la ruine.

Edward, as a boy, had interested himself in Sunday-schools, debating societies, penny missionary affairs, anti-tobacco organizations, anti-profanity associations, and all such things; as a man, he was a quiet but steady and reliable helper in the church, the temperance societies, and in all movements looking to the aiding and uplifting of men. This excited no remark, attracted no attention — for it was his "natural bent."

Finally, the old people died. The will testified their loving pride in Edward, and left their little property to George — because he "needed it;" whereas, "owing to a bountiful Providence," such was not the case with Edward. The property was left to George conditionally: he must buy out Edward's partner with it; else it must go to a benevolent organization called the Prisoner's Friend Society. The old people left a letter, in which they begged their dear son Edward to take their place and watch over George, and help and shield him as they had done.

Edward dutifully acquiesced, and George became his partner in the business. He was not a valuable partner :

Edward, jeune garçon, s'était intéressé aux écoles du dimanche[1], aux sociétés de conférences, aux affaires du denier des missionnaires, aux organisations antitabac, aux associations antiblasphème, et à nombre de choses de cet ordre ; adulte, il était devenu un auxiliaire calme, sérieux, digne de confiance à l'église, dans les ligues antialcooliques et dans tous les mouvements qui cherchaient à aider les hommes et à les rendre meilleurs. Tout cela ne le faisait pas remarquer et n'attirait pas l'attention, car c'était son penchant naturel.

Finalement, le vieux couple mourut. Le testament témoignait de leur fierté affectueuse envers Edward et laissait leur petite propriété à George, car il « en avait besoin », tandis que, « grâce à la généreuse Providence », ce n'était pas le cas d'Edward. La propriété était laissée à George sous conditions : il devait racheter les parts de l'associé d'Edward avec son revenu ; sinon la propriété irait à une association bénévole appelée la Société des Amis du prisonnier. Les vieux avaient laissé une lettre dans laquelle ils demandaient à leur cher fils Edward de prendre leur place et de surveiller George, de l'aider et de le protéger comme ils l'avaient fait.

Edward acquiesça avec obéissance et George devint son associé dans l'affaire. Ce n'était pas un associé de valeur :

1. Les écoles du dimanche dispensent une éducation religieuse.

he had been meddling with drink before; he soon developed into a constant tippler now, and his flesh and eyes showed the fact unpleasantly. Edward had been courting a sweet and kindly spirited girl for some time. They loved each other dearly, and — But about this period George began to haunt her tearfully and imploringly, and at last she went crying to Edward, and said her high and holy duty was plain before her — she must not let her own selfish desires interfere with it : she must marry "poor George" and "reform him." It would break her heart, she knew it would, and so on; but duty was duty. So she married George, and Edward's heart came very near breaking, as well as her own. However, Edward recovered, and married another girl — a very excellent one she was, too.

Children came to both families. Mary did her honest best to reform her husband, but the contract was too large. George went on drinking, and by and by he fell to misusing her and the little ones sadly. A great many good people strove with George — they were always at it, in fact — but he calmly took such efforts as his due and their duty, and did not mend his ways. He added a vice, presently — that of secret gambling. He got deeply in debt; he borrowed money on the firm's credit, as quietly as he could, and carried this system so far and so successfully that one morning the sheriff took possession of the establishment, and the two cousins found themselves penniless.

il avait déjà touché à la boisson auparavant, bientôt il fut ivre en permanence, et sa chair et ses yeux le montraient de manière déplaisante. Edward courtisait une ravissante et gentille fille depuis quelque temps. Ils s'aimaient tendrement et... Mais, à cette période, George commença à la poursuivre en larmoyant et en l'implorant, si bien qu'à la fin elle vint voir Edward en pleurant et dit que son devoir noble et sacré lui apparaissait clairement : elle ne devait pas laisser ses désirs égoïstes intervenir, elle devait épouser ce « pauvre George » et le « corriger ». Cela lui briserait le cœur, elle le savait, etc. ; mais le devoir était le devoir. Alors elle épousa George, et le cœur d'Edward fut près de se briser, tout comme celui de la jeune femme. Cependant, Edward se remit et épousa une autre fille, qui était très bien également.

Des enfants arrivèrent dans les deux familles. Mary faisait de son mieux pour changer son mari, mais le travail était trop vaste. George continua à boire et bientôt commença à la maltraiter fâcheusement ainsi que les petits. De nombreuses personnes faisaient tout leur possible pour George — elles l'avaient toujours fait, d'ailleurs —, mais il considérait calmement de tels efforts comme son dû et leur devoir. Bientôt, il ajouta un vice : il joua en secret. Il fit de grosses dettes ; il emprunta de l'argent au crédit de l'entreprise aussi discrètement que possible, et usa de ce stratagème si souvent et avec tant de succès qu'un matin le shérif prit possession de l'établissement, et les deux cousins se retrouvèrent sans un sou.

Times were hard, now, and they grew worse. Edward moved his family into a garret, and walked the streets day and night, seeking work. He begged for it, but it was really not to be had. He was astonished to see how soon his face became unwelcome; he was astonished and hurt to see how quickly the ancient interest which people had had in him faded out and disappeared. Still, he *must* get work; so he swallowed his chagrin, and toiled on in search of it. At last he got a job of carrying bricks up a ladder in a hod, and was a grateful man in consequence; but after that *nobody* knew him or cared anything about him. He was not able to keep up his dues in the various moral organizations to which he belonged, and had to endure the sharp pain of seeing himself brought under the disgrace of suspension.

But the faster Edward died out of public knowledge and interest, the faster George rose in them. He was found lying, ragged and drunk, in the gutter one morning. A member of the Ladies' Temperance Refuge fished him out, took him in hand, got up a subscription for him, kept him sober a whole week, then got a situation for him. An account of it was published.

Les temps étaient durs alors, et ils empirèrent. Edward installa sa famille dans une mansarde et arpenta les rues jour et nuit en cherchant du travail. Il supplia pour en obtenir, mais en vain. Il fut étonné de voir bientôt qu'il n'était plus le bienvenu : il était étonné et blessé de voir à quelle allure l'intérêt que les gens lui avaient porté s'évanouissait et disparaissait. Pourtant, il *devait* travailler ; alors il ravala sa déception et se donna du mal pour trouver. Finalement il fut embauché à porter des briques en haut d'une échelle dans un oiseau de maçon[1] et par conséquent fut plein de gratitude ; mais, après cela, plus *personne* ne le reconnut ou ne s'inquiéta de lui. Il n'était plus capable d'assumer ses obligations dans les différentes organisations morales auxquelles il appartenait et dut supporter la douleur amère de se voir soumis à la disgrâce d'une suspension.

Mais plus vite Edward disparaissait à la reconnaissance et à l'intérêt du public, plus vite George en était connu. Un matin, il fut trouvé gisant, en haillons et saoul, dans un ruisseau. Un membre du Refuge de la Ligue antialcoolique des dames le découvrit, le prit en main, lança une souscription en sa faveur, le maintint sobre pendant toute une semaine, puis lui trouva une situation. On en publia un compte rendu.

---

1. Sorte de caisse ouverte que les maçons emploient pour transporter le mortier à dos.

General attention was thus drawn to the poor fellow, and a great many people came forward, and helped him toward reform with their countenance and encouragement. He did not drink a drop for two months, and meantime was the pet of the good. Then he fell — in the gutter; and there was general sorrow and lamentation. But the noble sisterhood rescued him again. They cleaned him up, they fed him, they listened to the mournful music of his repentances, they got him his situation again. An account of this, also, was published, and the town was drowned in happy tears over the re-restoration of the poor beast and struggling victim of the fatal bowl. A grand temperance revival was got up, and after some rousing speeches had been made the chairman said, impressively : "We are now about to call for signers ; and I think there is a spectacle in store for you which not many in this house will be able to view with dry eyes." There was an eloquent pause, and then George Benton, escorted by a red-sashed detachment of the Ladies of the Refuge, stepped forward upon the platform and signed the pledge. The air was rent with applause, and everybody cried for joy. Everybody wrung the hand of the new convert when the meeting was over ; his salary was enlarged next day ; he was the talk of the town, and its hero. An account of it was published.

L'attention générale fut ainsi attirée sur le pauvre type et beaucoup de gens vinrent et l'aidèrent de leur appui et de leurs encouragements à se corriger. Il ne but pas une goutte pendant deux mois et fut choyé par les gens de bien. Puis il rechuta : dans le ruisseau. Et on se répandit en tristesse et lamentation générales. Mais la noble association des sœurs le secourut à nouveau. Elles le lavèrent, elles le nourrirent, elles écoutèrent la lamentable musique de son repentir, elles lui retrouvèrent une situation. On en publia aussi un compte rendu et la ville versa des larmes de joie pour le re-renouveau du pauvre type, victime éprouvée du verre fatal. Une grande soirée anti-alcoolique eut lieu et, après des discours émouvants, le directeur dit, impressionné : « Nous allons maintenant appeler les signataires ; et je pense que c'est là un spectacle que peu de personnes dans cette maison pourront voir les yeux secs. » Il y eut une pause éloquente, puis George Benton, escorté d'un détachement de dames du Refuge ceintes d'écharpes rouges, s'avança sur la scène et signa l'engagement. L'air fut rempli d'applaudissements et chacun hurla de joie. Tout le monde serra la main du nouveau converti quand la réunion prit fin ; son salaire fut augmenté le lendemain ; il était le sujet des conversations de la ville et son héros. On en publia un compte rendu.

George Benton fell, regularly, every three months, but was faithfully rescued and wrought with, every time, and good situations were found for him. Finally, he was taken around the country lecturing, as a reformed drunkard, and he had great houses and did an immense amount of good.

He was so popular at home, and so trusted — during his sober intervals — that he was enabled to use the name of a principal citizen, and get a large sum of money at the bank. A mighty pressure was brought to bear to save him from the consequences of his forgery, and it was partially successful — he was "sent up" for only two years. When, at the end of a year, the tireless efforts of the benevolent were crowned with success, and he emerged from the penitentiary with a pardon in his pocket, the Prisoner's Friend Society met him at the door with a situation and a comfortable salary, and all the other benevolent people came forward and gave him advice, encouragement, and help. Edward Mills had once applied to the Prisoner's Friend Society for a situation, when in dire need, but the question, "Have you been a prisoner?" made brief work of his case.

While all these things were going on, Edward Mills had been quietly making head against adversity. He was still poor, but was in receipt of a steady and sufficient salary, as the respected and trusted cashier of a bank.

George Benton rechutait, régulièrement, tous les trois mois, mais il était chaque fois fidèlement secouru et soutenu, et on lui trouvait de bonnes situations. Finalement, on l'incita à donner des conférences dans tout le pays comme ivrogne repenti, il eut de belles maisons et amassa une grande fortune.

Il était si populaire chez lui et on lui faisait tant confiance, durant ses périodes de sobriété, qu'il put utiliser le nom d'un citoyen important et emprunter une grosse somme d'argent à la banque. On fit fortement pression pour le sauver des conséquences de sa falsification et cela réussit en partie — il fut condamné à seulement deux ans de prison. Quand, à la fin de l'année, les efforts infatigables de ses bienfaiteurs furent couronnés de succès et qu'il sortit du pénitencier avec une amnistie dans la poche, la Société des Amis du prisonnier vint à sa rencontre à la grille avec une situation et un salaire confortable, et tous les autres bienfaiteurs s'avancèrent et lui donnèrent des conseils, des encouragements et de l'aide. Edward Mills avait contacté une fois la Société des Amis du prisonnier pour un travail, quand il en avait terriblement besoin, mais la question «Avez-vous été prisonnier?» avait mis rapidement fin à son affaire.

Pendant que se déroulaient tous ces événements, Edward Mills avait calmement fait front dans l'adversité. Il était toujours pauvre, mais recevait un salaire régulier et suffisant comme caissier respectable et digne de confiance dans une banque.

George Benton never came near him, and was never heard to inquire about him. George got to indulging in long absences from the town; there were ill reports about him, but nothing definite.

One winter's night some masked burglars forced their way into the bank, and found Edward Mills there alone. They commanded him to reveal the "combination," so that they could get into the safe. He refused. They threatened his life. He said his employers trusted him, and he could not be traitor to that trust. He could die, if he must, but while he lived he would be faithful; he would not yield up the "combination." The burglars killed him.

The detectives hunted down the criminals; the chief one proved to be George Benton. A wide sympathy was felt for the widow and orphans of the dead man, and all the newspapers in the land begged that all the banks in the land would testify their appreciation of the fidelity and heroism of the murdered cashier by coming forward with a generous contribution of money in aid of his family, now bereft of support. The result was a mass of solid cash amounting to upward of five hundred dollars — an average of nearly three-eighths of a cent for each bank in the Union. The cashier's own bank testified its gratitude by endeavoring to show (but humiliatingly failed in it) that the peerless servant's accounts were not square, and that he himself had knocked his brains out with a bludgeon to escape detection and punishment.

George Benton ne l'approcha jamais et ne s'enquit jamais de lui. George se laissait aller à de longues absences loin de la ville; il courait des bruits de maladie à son sujet, mais rien de précis.

Une nuit d'hiver des bandits masqués pénétrèrent dans la banque et y trouvèrent Edward Mills seul. Ils lui ordonnèrent de leur révéler la combinaison afin qu'ils entrent dans le coffre-fort. Il refusa. Ils le menacèrent de mort. Il dit que ses employeurs lui faisaient confiance et qu'il ne pouvait pas trahir cette confiance. Il mourrait s'il le devait, mais s'il vivait il resterait fidèle, il ne dévoilerait pas la combinaison. Les voleurs le tuèrent.

Les détectives retrouvèrent les criminels; leur chef se révéla être George Benton. On eut une immense compassion pour la veuve et les orphelins du défunt et tous les journaux de la région demandèrent à toutes les banques de la région de manifester leur appréciation de la fidélité et de l'héroïsme du caissier assassiné en aidant sa famille, maintenant privée de soutien, par une généreuse contribution financière. Il en résulta la somme d'un montant substantiel de cinq cents dollars, soit une moyenne d'environ trois huitièmes d'un centime pour chaque banque de l'Union. La propre banque du caissier témoigna sa gratitude en s'efforçant de montrer (mais en échouant de manière humiliante) que les comptes de l'incomparable serviteur n'étaient pas justes et qu'il s'était lui-même fait sauter la cervelle avec un gourdin pour échapper à cette découverte et à la punition.

George Benton was arraigned for trial. Then everybody seemed to forget the widow and orphans in their solicitude for poor George. Everything that money and influence could do was done to save him, but it all failed; he was sentenced to death. Straightway the Governor was besieged with petitions for commutation or pardon; they were brought by tearful young girls; by sorrowful old maids; by deputations of pathetic widows; by shoals of impressive orphans. But no, the Governor — for once — would not yield.

Now George Benton experienced religion. The glad news flew all around. From that time forth his cell was always full of girls and women and fresh flowers; all the day long there was prayer, and hymn-singing, and thanksgivings, and homilies, and tears, with never an interruption, except an occasional five-minute intermission for refreshments.

This sort of thing continued up to the very gallows, and George Benton went proudly home, in the black cap, before a wailing audience of the sweetest and best that the region could produce. His grave had fresh flowers on it every day, for a while, and the head-stone bore these words, under a hand pointing aloft : "He has fought the good fight."

The brave cashier's head-stone has this inscription : "Be pure, honest, sober, industrious, considerate, and you will never —"

Nobody knows who gave the order to leave it that way, but it was so given.

George Benton fut traduit en justice. Alors tous parurent oublier la veuve et les orphelins dans leur sollicitude pour le pauvre George. Tout ce qu'on pouvait faire avec de l'argent et de l'influence pour le sauver fut fait, mais cela échoua : il fut condamné à mort. Aussitôt le gouverneur fut assiégé de pétitions demandant de commuer la peine ou de pardonner ; elles étaient apportées par des jeunes filles en larmes, des vieillards désespérés, des convois de veuves pathétiques, des foules d'orphelins impressionnants. Mais non, le gouverneur, pour une fois, ne céda pas.

Alors George Benton se lança dans la religion. La bonne nouvelle se répandit partout. Dès ce moment, sa cellule fut toujours pleine de jeunes filles, de femmes et de fleurs fraîches ; tout au long de la journée se succédaient prières, hymnes et actions de grâces, sermons et pleurs, sans une interruption, sauf cinq minutes occasionnelles pour les rafraîchissements.

Cela dura jusqu'au gibet et George Benton s'en alla fièrement, dans une cape noire, devant l'assemblée des meilleures personnes de la région en larmes. Sa tombe reçut des fleurs fraîches tous les jours pendant un moment, et sur la pierre tombale étaient gravés ces mots, sous une main pointant vers le haut : « Il a mené le bon combat. »

La pierre tombale du brave caissier portait cette inscription : « Soyez purs, honnêtes, sobres, travailleurs, attentionnés et vous ne serez jamais… »

Personne ne savait qui avait donné l'ordre de laisser l'inscription ainsi, mais il avait été donné.

The cashier's family are in stringent circumstances, now, it is said; but no matter; a lot of appreciative people, who were not willing that an act so brave and true as his should be unrewarded, have collected forty-two thousand dollars — and built a Memorial Church with it.

(1880)

La famille du caissier est dans une situation difficile, comme on dit, mais cela n'a pas d'importance ; un tas de gens approbateurs, qui ne voulaient pas qu'un acte aussi brave et aussi noble que le sien fût oublié, ont collecté quarante-deux mille dollars... et construit une église à sa mémoire.

(1880)

# The Invalid's Story

I seem sixty and married, but these effects are due to my condition and sufferings, for I am a bachelor, and only forty-one. It will be hard for you to believe that I, who am now but a shadow, was a hale, hearty man two short years ago — a man of iron, a very athlete! — yet such is the simple truth. But stranger still than this fact is the way in which I lost my health. I lost it through helping to take care of a box of guns on a two-hundred-mile railway journey one winter's night. It is the actual truth, and I will tell you about it.

# Histoire du malade[1]

J'ai l'air d'avoir soixante ans et d'être marié, mais cela est dû à mon état de santé et à mes souffrances, puisque je suis célibataire et que j'ai seulement quarante et un ans. Il vous sera difficile de croire que, moi qui ne suis aujourd'hui qu'une ombre, j'étais il y a deux petites années un homme robuste, vigoureux, un homme de fer, un véritable athlète !... Et pourtant c'est la stricte vérité. Mais plus étrange encore est la manière dont j'ai perdu la santé. Je l'ai perdue en aidant à prendre soin d'une caisse de fusils lors d'un voyage en train de deux cents miles une nuit d'hiver. C'est la vérité vraie et je vais vous la raconter.

---

1. Cette nouvelle est extraite de *In Defense of Harriet Shelley*.

I belong in Cleveland, Ohio. One winter's night, two years ago, I reached home just after dark, in a driving snow-storm, and the first thing I heard when I entered the house was that my dearest boyhood friend and schoolmate, John B. Hackett, had died the day before, and that his last utterance had been a desire that I would take his remains home to his poor old father and mother in Wisconsin. I was greatly shocked and grieved, but there was no time to waste in emotions; I must start at once. I took the card, marked "Deacon Levi Hackett, Bethlehem, Wisconsin," and hurried off through the whistling storm to the railway-station. Arrived there I found the long white-pine box which had been described to me; I fastened the card to it with some tacks, saw it put safely aboard the express-car, and then ran into the eating-room to provide myself with a sandwich and some cigars. When I returned, presently, there was my coffin-box *back again*, apparently, and a young fellow examining around it, with a card in his hands, and some tacks and a hammer! I was astonished and puzzled. He began to nail on his card, and I rushed out to the express-car, in a good deal of a state of mind, to ask for an explanation. But no — there was my box, all right, in the express-car; it hadn't been disturbed. [The fact is that without my suspecting it a prodigious mistake had been made. I was carrying off a box of *guns* which that young fellow had come to the station to ship to a rifle company in Peoria, Illinois, and *he* had got my corpse!]

Je suis de Cleveland, Ohio. Une nuit d'hiver, il
y a deux ans, j'arrivai à la maison juste à la nuit,
au milieu d'une violente tempête de neige, et la
première chose que j'entendis quand j'entrai
dans la maison fut que mon plus cher ami d'en-
fance et d'école, John B. Hackett, était mort la
veille et que sa dernière parole avait été pour
souhaiter que je ramène son corps à ses pauvres
vieux père et mère dans le Wisconsin. J'étais profondément choqué et chagriné, mais il n'y avait
pas de temps à perdre à pleurer ; je devais partir immédiatement. Je pris une carte, marquai
« Révérend Levi Hackett, Bethlehem, Wisconsin »
et me précipitai vers la gare, dans l'orage qui sif-
flait. Arrivé là, je trouvai la longue caisse en pin
blanc qu'on m'avait décrite ; je fixai la carte dessus avec de petits clous, la regardai mettre en
sécurité à bord de la voiture express, puis je cou-
rus au buffet me procurer un sandwich et des
cigares. Quand je revins, bientôt, mon cercueil
était là *à nouveau*, apparemment, et un jeune
homme l'examinait avec, entre les mains, une
carte, des clous et un marteau ! Je fus surpris et
intrigué. Il commença à clouer sa carte et je bon-
dis vers la voiture express, dans un drôle d'état
d'esprit, pour demander une explication. Mais
non, ma caisse était là, entière, dans la voiture ;
on n'y avait pas touché. (Le fait est que, sans que
je m'en doute, une terrible erreur avait été com-
mise. J'emportais une caisse de *fusils*, que le
jeune homme était venu embarquer à la gare
pour le compte d'une société d'armes de Peoria,
Illinois, et *il* avait pris mon corps !)

Just then the conductor sang out "All aboard," and I jumped into the express-car and got a comfortable seat on a bale of buckets. The express-man was there, hard at work — a plain man of fifty, with a simple, honest, good-natured face, and a breezy, practical heartiness in his general style. As the train moved off a stranger skipped into the car and set a package of peculiarly mature and capable Limburger cheese on one end of my coffin-box — I mean my box of guns. That is to say, I know *now* that it was Limburger cheese, but at that time I never had heard of the article in my life, and of course was wholly ignorant of its character. Well, we sped through the wild night, the bitter storm raged on, a cheerless misery stole over me, my heart went down, down, down! The old expressman made a brisk remark or two about the tempest and the arctic weather, slammed his sliding doors to, and bolted them, closed his window down tight, and then went bustling around, here and there and yonder, setting things to rights, and all the time contentedly humming "Sweet By and By," in a low tone, and flatting a good deal. Presently I began to detect a most evil and searching odor stealing about on the frozen air. This depressed my spirits still more, because of course I attributed it to my poor departed friend.

Juste à ce moment le conducteur cria «En voiture !» et je sautai dans le train et m'assis confortablement sur un strapontin. Le chef de train était là, un travailleur éprouvé, un homme franc, de cinquante ans, au visage simple, honnête, au bon naturel, à la cordialité joyeuse et pratique dans son allure générale. Comme le train partait, un étranger sauta dans le wagon et déposa un paquet de fromage de Limbourg[1] particulièrement fait et généreux au bout de mon cercueil — je veux dire de ma caisse de fusils. Cela pour dire que je sais *maintenant* que c'était du fromage de Limbourg, mais à l'époque je n'avais jamais de ma vie entendu parler de ce produit et bien sûr j'en ignorais les caractéristiques. Eh bien, nous filions à travers la nuit sauvage, la tempête faisait rage, une douleur désolée m'envahissait, mon cœur sombrait, sombrait, sombrait ! Le vieux chef de train fit rapidement une ou deux remarques à propos de la tempête et du temps glacial, claqua les portes coulissantes et les cadenassa, ferma étroitement sa fenêtre, puis s'affaira ici et là et un peu plus loin, rangeant des affaires, toujours en fredonnant gaiement *Sweet By-and-By*[2] à voix basse et avec bonne humeur. Bientôt je commençai à détecter une odeur épouvantable et pénétrante qui s'insinuait dans l'air froid. Cela me déprima encore plus, parce que bien sûr je l'attribuai à mon pauvre ami disparu.

---

1. Fromage belge, crémeux, à l'odeur très forte.
2. Il s'agit d'une chanson de S. F. Bennett : *In the Sweet By-and-By we Shall Meet on a Beautiful Shore.*

There was something infinitely saddening about his calling himself to my remembrance in this dumb, pathetic way, so it was hard to keep the tears back. Moreover, it distressed me on account of the old expressman, who, I was afraid, might notice it. However, he went humming tranquilly on, and gave no sign; and for this I was grateful. Grateful, yes, but still uneasy; and soon I began to feel more and more uneasy every minute, for every minute that went by that odor thickened up the more, and got to be more and more gamy and hard to stand. Presently, having got things arranged to his satisfaction, the expressman got some wood and made up a tremendous fire in his stove. This distressed me more than I can tell, for I could not but feel that it was a mistake. I was sure that the effect would be deleterious upon my poor departed friend. Thompson — the expressman's name was Thompson, as I found out in the course of the night — now went poking around his car, stopping up whatever stray cracks he could find, remarking that it didn't make any difference what kind of a night it was outside, he calculated to make *us* comfortable, anyway. I said nothing, but I believed he was not choosing the right way. Meantime he was humming to himself just as before; and meantime, too, the stove was getting hotter and hotter, and the place closer and closer. I felt myself growing pale and qualmish, but grieved in silence and said nothing.

Il y avait quelque chose d'infiniment attristant dans cette manière muette, pathétique de se rappeler à mon souvenir, aussi m'était-il difficile de refouler mes larmes. En outre, cela m'inquiétait par égard pour le vieux chef de train qui, j'en avais peur, pouvait la remarquer. Cependant, il continuait à fredonner tranquillement et ne montrait rien ; je lui en étais reconnaissant. Reconnaissant, oui, mais toujours mal à l'aise ; et bientôt je commençai à me sentir de plus en plus mal à l'aise à chaque minute, car, à chaque minute qui passait, l'odeur s'intensifiait et devenait de plus en plus faisandée et difficile à supporter. Bientôt, ayant tout rangé les choses de manière satisfaisante, le chef de train prit du bois et fit un énorme feu dans son poêle. Cela m'inquiéta plus que je ne pourrais le dire, car je ne pouvais pas ne pas sentir que c'était une erreur. J'étais sûr que l'effet serait délétère sur mon pauvre ami disparu. Thompson — le nom du chef de train était Thompson, comme je l'appris au cours de la nuit — maintenant farfouillait dans son wagon et bouchait toutes les fentes qu'il pouvait trouver, en faisant remarquer que l'horrible nuit dehors n'avait aucune importance, qu'il voulait *nous* installer confortablement, de toute façon. Je ne dis rien, mais je pensai qu'il ne choisissait pas la bonne manière. Pendant ce temps, il fredonnait pour lui-même tout comme avant ; et pendant ce temps aussi, le poêle devenait de plus en plus chaud et l'endroit de plus en plus confiné. Je me sentais devenir pâle et nauséeux, mais je souffrais en silence et ne dis rien.

Soon I noticed that the "Sweet By and By" was gradually fading out; next it ceased altogether, and there was an ominous stillness. After a few moments Thompson said —

"Pfew! I reckon it ain't no cinnamon 't I've loaded up thish-yer stove with!"

He gasped once or twice, then moved toward the cof — gun-box, stood over that Limburger cheese part of a moment, then came back and sat down near me, looking a good deal impressed. After a contemplative pause, he said, indicating the box with a gesture —

"Friend of yourn?"

"Yes," I said with a sigh.

"He's pretty ripe, *ain't* he!"

Nothing further was said for perhaps a couple of minutes, each being busy with his own thoughts; then Thompson said, in a low, awed voice —

"Sometimes it's uncertain whether they're really gone or not — *seem* gone, you know — body warm, joints limber — and so, although you *think* they're gone, you don't really know. I've had cases in my car. It's perfectly awful, becuz *you* don't know what minute they'll rise up and look at you!" Then, after a pause, and slightly lifting his elbow toward the box, — "But *he* ain't in no trance! No, sir, I go bail for *him*!"

We sat some time, in meditative silence, listening to the wind and the roar of the train; then Thompson said, with a good deal of feeling:

"Well-a-well, we've all got to go, they ain't no getting around it.

Bientôt, je remarquai que le *Sweet By-and-By* fai-
blissait progressivement ; puis il cessa tout à fait et
ce fut le silence complet. Au bout d'un moment
Thompson dit :

« Pffft ! Pour sûr que ce n'est pas avec de la can-
nelle que j'ai rempli ce four-là ! »

Il reprit son souffle une ou deux fois et s'approcha du cerc... de la caisse de fusils, se tint à
côté du fromage de Limbourg un moment, puis
revint et s'assit près de moi, manifestement très
impressionné. Après une pause songeuse, il dit,
en montrant la caisse d'un geste :

« Un ami à vous ?

— Oui, répondis-je avec un soupir.

— Il est bien à point, *non* ? »

Plus rien ne fut dit pendant quelques minutes,
chacun étant plongé dans ses pensées ; puis
Thompson dit, d'une voix basse et craintive :

« Quelquefois on n'est pas certain qu'ils soient
bien morts ; ils *semblent* morts, vous savez : corps
chaud, articulations souples... Et bien qu'on *pense*
qu'ils sont morts, on n'en est pas sûr. J'ai eu des
cas dans mon wagon. C'est vraiment affreux,
passque *vous* ne savez pas à quel moment ils vont
se lever et vous regarder ! » Puis, après une pause,
et en levant doucement le coude vers la caisse :
« Mais, *lui*, il n'est pas en catalepsie ! Non, monsieur, je m'en porte garant ! »

Nous restâmes assis un moment, dans un silence
pensif, à écouter le vent et le rugissement du
train ; puis Thompson dit, avec bonne humeur :

« Eh bien, eh bien, nous devons tous partir, il
n'y a rien à faire.

Man that is born of a woman is of few days and
far between, as Scriptur' says. Yes, you look at it
any way you want to, it's awful solemn and
cur'us : they ain't *nobody* can get around it; *all's*
got to go — just *everybody*, as you may say. One
day you're hearty and strong" — here he scrambl-
ed to his feet and broke a pane and stretched his
nose out at it a moment or two, then sat down
again while I struggled up and thrust my nose out
at the same place, and this we kept on doing
every now and then — "and next day he's cut
down like the grass, and the places which know-
ed him then knows him no more forever, as
Scriptur' says. Yes'ndeedy, it's awful solemn and
cur'us; but we've all got to go, one time or another; they ain't no getting around it."

There was another long pause; then —

"What did he die of?"

I said I didn't know.

"How long has he been dead?"

It seemed judicious to enlarge the facts to fit
the probabilities; so I said :

"Two or three days."

But it did no good; for Thompson received it
with an injured look which plainly said, "Two
or three *years*, you mean." Then he went right
along, placidly ignoring my statement, and gave
his views at considerable length upon the unwis-
dom of putting off burials too long.

L'homme né d'une femme est ici-bas pour quelques jours seulement, comme dit l'Écriture. Oui, quelle que soit la façon dont on l'envisage, c'est affreusement solennel et curieux ; *personne* ne peut y échapper ; *tous* doivent y passer... vraiment *tout le monde,* comme on dit. Un jour, on est joyeux et costaud — ici il se hissa sur ses pieds, cassa un carreau et tendit le nez dehors durant une ou deux minutes, puis se rassit pendant que j'essayais de me lever et de pointer mon nez dehors par le même endroit, et nous continuâmes à faire cela de temps en temps —, et le lendemain on est fauché comme l'herbe, et les endroits qui vous ont connu ne vous verront plus jamais, comme dit l'Écriture. Oui vraiment, c'est affreusement solennel et curieux ; mais on doit tous y passer, à un moment ou un autre ; y a pas moyen d'y échapper. »

Il y eut une autre longue pause, puis :

« De quoi est-il mort ? »

Je dis que je ne savais pas.

« Depuis combien de temps est-il mort ? »

Il me parut judicieux d'exagérer les faits pour les adapter aux probabilités, aussi dis-je :

« Deux ou trois jours. »

Mais cela ne suffit pas, car Thompson écouta cela d'un air offensé qui signifiait clairement : « Deux ou trois *ans,* vous voulez dire. » Puis il poursuivit, ignorant mon affirmation, et donna son avis sur l'incroyable lenteur et l'imprudence des enterrements à retardement.

Then he lounged off toward the box, stood a moment, then came back on a sharp trot and visited the broken pane, observing :

"'Twould 'a' ben a dum sight better, all around, if they'd started him along last summer."

Thompson sat down and buried his face in his red silk handkerchief, and began to slowly sway and rock his body like one who is doing his best to endure the almost unendurable. By this time the fragrance — if you may call it fragrance — was just about suffocating, as near as you can come at it. Thompson's face was turning gray; I knew mine hadn't any color left in it. By and by Thompson rested his forehead in his left hand, with his elbow on his knee, and sort of waved his red handkerchief toward the box with his other hand, and said :

"I've carried a many a one of 'em — some of 'em considerable overdue, too — but, lordy, he just lays over 'em all ! — and does it *easy*. Cap, they was heliotrope to *him* !"

This recognition of my poor friend gratified me, in spite of the sad circumstances, because it had so much the sound of a compliment.

Pretty soon it was plain that something had got to be done. I suggested cigars. Thompson thought it was a good idea. He said :

"Likely it'll modify him some."

Alors il longea la caisse, resta un moment, puis revint d'un pas pressé et s'approcha du carreau cassé en observant :

« Ç'aurait été un satané meilleur spectacle pour tous, si on l'avait expédié l'été dernier. »

Thompson s'assit, enfouit son visage dans son mouchoir de soie rouge et commença à se balancer doucement comme quelqu'un qui fait de son mieux pour supporter l'insupportable. À ce moment-là le parfum — si on peut l'appeler parfum — était quasiment suffocant, en tout cas pas loin de l'être. Le visage de Thompson était en train de virer au gris ; je savais que le mien n'avait plus de couleur. Bientôt Thompson posa son front sur sa main gauche, le coude sur le genou, de son autre main agita son mouchoir rouge vers la caisse et dit :

« J'en ai transporté plusieurs, certains considérablement en retard, mais, mon Dieu, il les bat tous ! et *à l'aise*. Capitaine[1], c'était de l'héliotrope[2] à côté de *lui* ! »

Cet intérêt pour mon ami me toucha, malgré les tristes circonstances, parce que cela semblait être un compliment.

Très bientôt, il devint clair qu'il fallait faire quelque chose. Je suggérai les cigares. Thompson pensa que c'était une bonne idée. Il dit :

« Peut-être que ça l'atténuera. »

---

1. *Cap* est le diminutif de *captain*.
2. L'héliotrope est une fleur blanche, mauve ou violette, au parfum extrêmement entêtant.

We puffed gingerly along for a while, and tried hard to imagine that things were improved. But it wasn't any use. Before very long, and without any consultation, both cigars were quietly dropped from our nerveless fingers at the same moment. Thompson said, with a sigh :

"No, Cap, it don't modify him worth a cent. Fact is, it makes him worse, becuz it appears to stir up his ambition. What do you reckon we better do, now?"

I was not able to suggest anything; indeed, I had to be swallowing and swallowing all the time, and did not like to trust myself to speak. Thompson fell to maundering, in a desultory and low-spirited way, about the miserable experiences of this night; and he got to referring to my poor friend by various titles — sometimes military ones, sometimes civil ones; and I noticed that as fast as my poor friend's effectiveness grew, Thompson promoted him accordingly — gave him a bigger title. Finally he said :

"I've got an idea. Suppos'n we buckle down to it and give the Colonel a bit of a shove toward t'other end of the car? — about ten foot, say. He wouldn't have so much influence, then, don't you reckon?"

I said it was a good scheme. So we took in a good fresh breath at the broken pane, calculating to hold it till we got through; then we went there and bent over that deadly cheese and took a grip on the box. Thompson nodded : "All ready," and then we threw ourselves forward with all our might;

Nous fumâmes doucement pendant un moment et essayâmes vraiment d'imaginer que les choses s'amélioraient. Mais cela ne servait à rien. Avant longtemps et sans aucune concertation, les deux cigares tombèrent de nos doigts au même moment. Thompson dit, dans un soupir :

« Non, Capitaine, ça ne l'a pas atténué pour un sou. Le fait est que ça a empiré parce qu'il semble que ça réveille son ambition. Qu'est-ce que vous croyez qu'il faudrait faire, maintenant ? »

J'étais incapable de suggérer quoi que ce fût ; en effet, je devais déglutir et déglutir tout le temps, et je ne me faisais pas assez confiance pour parler. Thompson commença à divaguer, de manière décousue et découragée, à propos des terribles expériences de cette nuit, et il faisait référence à mon pauvre ami avec différents titres, parfois militaires, parfois civils. Je remarquai que plus l'effet que faisait mon ami augmentait, plus Thompson lui donnait de l'avancement, des titres plus importants. Finalement il dit :

« J'ai une idée. Supposons qu'on s'y mette sérieusement et qu'on pousse le colonel à l'autre bout du wagon ?... À environ dix pieds, disons. Il n'aurait pas tant d'effet alors, ne croyez-vous pas ? »

Je dis que c'était un bon plan. Donc nous prîmes une grande inspiration fraîche par le carreau cassé avec l'intention de la retenir jusqu'à ce que ce soit fini, puis nous nous approchâmes, nous penchâmes vers ce fromage mortel et saisîmes la caisse. Thompson inclina la tête, « Prêt ? » et nous donnâmes notre maximum ;

but Thompson slipped, and slumped down with his nose on the cheese, and his breath got loose. He gagged and gasped, and floundered up and made a break for the door, pawing the air and saying hoarsely, "Don't hender me! — gimme the road! I'm a-dying; gimme the road!" Out on the cold platform I sat down and held his head awhile, and he revived. Presently he said :

"Do you reckon we started the Gen'rul any?"

I said no; we hadn't budged him.

"Well, then, *that* idea's up the flume. We got to think up something else. He's suited wher' he is, I reckon; and if that's the way he feels about it, and has made up his mind that he don't wish to be disturbed, you bet he's a-going to have his own way in the business. Yes, better leave him right wher' he is, long as he wants it so; becuz he holds all the trumps, don't you know, and so it stands to reason that the man that lays out to alter his plans for him is going to get left."

But we couldn't stay out there in that mad storm; we should have frozen to death. So we went in again and shut the door, and began to suffer once more and take turns at the break in the window. By and by, as we were starting away from a station where we had stopped a moment Thompson pranced in cheerily, and exclaimed :

"We're all right, now! I reckon we've got the Commodore this time. I judge I've got the stuff here that'll take the tuck out of him."

mais Thompson glissa, s'effondra le nez dans le fromage et perdit le souffle. Il eut un haut-le-cœur, haleta, gesticula et fit un bond vers la porte en disant d'une voix rauque : « Ne me touchez pas ! Laissez-moi passer ! Je meurs ! Laissez-moi passer ! » Je m'assis dehors, sur la plate-forme glacée, et je lui tins la tête un moment ; il revint à lui. Enfin il dit :

« Vous croyez qu'on a un peu poussé le général ? »

Je dis que non, que nous ne l'avions pas bougé.

« Eh bien, alors, *cette* idée tombe à l'eau. Nous devons trouver autre chose. Il se plaît là où il est, je crois ; et si c'est ce qu'il désire et s'il a décidé qu'il ne voulait pas être dérangé, vous pouvez parier qu'il va mener rondement son affaire. Oui, on ferait mieux de le laisser là où il est tant qu'il le voudra, parce qu'il détient tous les atouts, vous savez, et ça suffit comme raison pour que l'homme qui voudra changer ses plans ait du fil à retordre. »

Nous ne pouvions plus rester dans la tempête déchaînée, nous serions morts de froid. Aussi nous rentrâmes et nous fermâmes la porte ; nous recommençâmes à souffrir et nous prîmes des tours pour respirer à la fenêtre. Bientôt, comme nous quittions la gare où nous nous étions arrêtés un moment, Thompson se pavana gaiement et s'exclama :

« On est sauvés ! Je crois qu'on aura le commodore, cette fois. Je pense que j'ai ce qu'il faut ici pour en extirper la vigueur. »

It was carbolic acid. He had a carboy of it. He sprinkled it all around everywhere; in fact he drenched everything with it, rifle-box, cheese and all. Then we sat down, feeling pretty hopeful. But it wasn't for long. You see the two perfumes began to mix, and then — well, pretty soon we made a break for the door; and out there Thompson swabbed his face with his bandanna and said in a kind of disheartened way:

"It ain't no use. We can't buck agin *him*. He just utilizes everything we put up to modify him with, and gives it his own flavor and plays it back on us. Why, Cap, don't you know, it's as much as a hundred times worse in there now than it was when he first got a-going. I never *did* see one of 'em warm up to his work so, and take such a dumnation interest in it. No, sir, I never did, as long as I've ben on the road; and I've carried a many a one of 'em, as I was telling you."

We went in again after we were frozen pretty stiff; but my, we couldn't *stay* in, now. So we just waltzed back and forth, freezing, and thawing, and stifling, by turns. In about as hour we stopped at another station; and as we left it Thompson came in with a bag, and said —

"Cap, I'm a-going to chance him once more — just this once;

C'était de l'acide phénique. Il en avait une bon-
bonne. Il en répandit partout; en fait, il trempa
tout, la caisse de fusils, le fromage et le reste. Puis
nous nous assîmes, pleins d'espoir. Cela ne dura
pas longtemps. Voyez-vous, les deux parfums
commencèrent à se mélanger, puis... eh bien,
nous bondîmes bientôt vers la porte; dehors
Thompson s'épongea la figure avec son ban-
dana[1] et dit avec découragement :

« Ça ne sert à rien. On ne peut pas *lui* résister.
Il se sert de tout ce que nous inventons pour
l'amoindrir, lui donne sa propre saveur et nous
le renvoie. Eh bien, Capitaine, vous savez quoi ?
c'est cent fois pire là-dedans que quand il y est
entré. J'en ai *jamais* vu un si empressé à sa tâche
et qui y prenne un tel satané intérêt. Non, monsieur, jamais depuis que je suis sur la route ; et
j'en ai transporté beaucoup, comme je vous le
disais. »

Nous rentrâmes à nouveau car nous étions pas-
sablement raidis par le froid ; mais vraiment nous
ne pouvions pas *rester* à l'intérieur. Aussi nous val-
sâmes d'avant en arrière, gelant, dégelant et
étouffant tour à tour. Au bout d'environ une
heure, nous nous arrêtâmes dans une autre gare ;
comme nous en partions, Thompson entra avec
un sac et dit :

« Capitaine, je vais lui donner encore une
chance, encore juste une ;

---

1. Foulard aux couleurs vives.

and if we don't fetch him this time, the thing for us to do, is to just throw up the sponge and withdraw from the canvass. That's the way *I* put it up."

He had brought a lot of chicken feathers, and dried apples, and leaf tobacco, and rags, and old shoes, and sulphur, and asafetida, and one thing or another; and he piled them on a breadth of sheet iron in the middle of the floor, and set fire to them.

When they got well started, I couldn't see, myself, how even the corpse could stand it. All that went before was just simply poetry to that smell — but mind you, the original smell stood up out of it just as sublime as ever — fact is, these other smells just seemed to give it a better hold; and my, how rich it was! I didn't make these reflections there — there wasn't time — made them on the platform. And breaking for the platform, Thompson got suffocated and fell; and before I got him dragged out, which I did by the collar, I was mighty near gone myself. When we revived, Thompson said dejectedly:

"We got to stay out here, Cap. We got to do it. They ain't no other way. The Governor wants to travel alone, and he's fixed so he can outvote us."

et si nous n'y arrivons pas cette fois, il ne nous restera plus qu'à jeter l'éponge et à nous retirer de la place. C'est comme ça que *je* vois les choses. »

Il avait apporté un tas de plumes de poulet et des pommes séchées, ainsi que des feuilles de tabac, de vieilles chaussures, du soufre, de l'asa fœtida[1], et quelques autres choses ; il les empila sur la largeur d'une pièce de métal et y mit le feu.

Quand cela eut bien pris, je ne pus pas comprendre comment le corps lui-même pouvait le supporter. Tout ce qui s'était passé avant n'était que simple poésie comparé à cette odeur ; mais attention ! l'odeur originale transparaissait, plus sublime que jamais — le fait est que les autres odeurs semblaient lui donner une meilleure prise ; oh ! la la, qu'elle était riche ! Je ne me fis pas alors ces réflexions, ce n'était pas le moment, je me les fis sur la plate-forme. En bondissant vers la plate-forme, Thompson suffoqua et tomba ; avant que je l'aie traîné dehors, ce que je fis en le tirant par son col, j'étais moi-même déjà presque évanoui. Quand nous revînmes à nous, Thompson dit avec abattement :

« Nous devons rester dehors, Capitaine. Nous le devons. Il n'y a pas d'autre moyen. Le gouverneur veut voyager seul et il est déterminé, aussi il l'emportera sur nous. »

---

1. Gomme-résine obtenue par incision de plusieurs ombellifères asiatiques, de saveur âcre et d'odeur fortement désagréable, utilisée comme antispasmodique.

And presently he added :

"And don't you know, we're *pisoned*. It's *our* last trip, you can make up your mind to it. Typhoid fever is what's going to come of this. I feel it a-coming right now. Yes, sir, we're elected, just as sure as you're born."

We were taken from the platform an hour later, frozen and insensible, at the next station, and I went straight off into a virulent fever, and never knew anything again for three weeks. I found out, then, that I had spent that awful night with a harmless box of rifles and a lot of innocent cheese; but the news was too late to save *me*; imagination had done its work, and my health was permanently shattered; neither Bermuda nor any other land can ever bring it back to me. This is my last trip; I am on my way home to die.

(1882)

Et bientôt il ajouta :

« Et vous savez quoi ? on est *empoisonnés*, c'est *notre* dernier voyage, vous devez vous y faire. On va y gagner la fièvre typhoïde. Je sens que ça vient là, maintenant. Oui, monsieur, on est dans le collimateur, aussi sûr que vous êtes né. »

Nous fûmes retirés de la plate-forme une heure plus tard, gelés et insensibles, à la gare suivante, et je fus aussitôt saisi d'une fièvre virulente et ne sus plus rien de rien pendant trois semaines. Par la suite, je découvris que j'avais passé cette nuit épouvantable avec une inoffensive caisse de fusils et un innocent morceau de fromage ; mais cette nouvelle venait trop tard pour *me* sauver, mon imagination avait fait son travail et ma santé fut ébranlée pour toujours ; ni les Bermudes ni aucun autre pays ne put jamais me la rendre. C'est mon dernier voyage ; je rentre chez moi pour mourir.

(1882)

# Luck*[1]

It was at a banquet in London in honor of one of the two or three conspicuously illustrious English military names of this generation. For reasons which will presently appear, I will withhold his real name and titles and call him Lieutenant-General Lord Arthur Scoresby, Y.C., K.C.B., etc., etc., etc. What a fascination there is in a renowned name! There sat the man, in actual flesh, whom I had heard of so many thousands of times since that day, thirty years before, when his name shot suddenly to the zenith from a Crimean battlefield, to remain forever celebrated. It was food and drink to me to look, and look, and look at that demi-god;

* This is not a fancy sketch. I got it from a clergyman who was an instructor at Woolwich forty years ago, and who vouched for its truth. M.T.

# Chance*[1]

C'était à un banquet à Londres en l'honneur d'un des deux ou trois remarquablement illustres noms militaires anglais de cette génération. Pour des raisons qui apparaîtront bientôt, je cacherai son véritable nom et ses titres et je l'appellerai lieutenant-général lord Arthur Scoresby, Y. C., K.C.B., etc. Comme un nom célèbre est fascinant! Là était assis, en chair et en os, l'homme dont j'avais entendu parler des milliers de fois depuis ce jour, trente ans auparavant, où son nom fut projeté soudainement au zénith à partir d'un champ de bataille de Crimée[2], pour rester célébré à jamais. Ce fut mon seul repas que de regarder, regarder, regarder ce demi-dieu.

---

* « Ce n'est pas une histoire inventée. Je la tiens d'un homme d'Église qui était instructeur à Woolwich il y a quarante ans et qui se porte garant de sa vérité ». M. T.

1. Cette nouvelle est extraite de *The American Claimant*.

2. La guerre de Crimée (1853-1856) fut déclenchée par Napoléon III et engagea la France et l'Angleterre contre la Russie.

scanning, searching, noting : the quietness, the reserve, the noble gravity of his countenance; the simple honesty that expressed itself all over him; the sweet unconsciousness of his greatness — unconsciousness of the hundreds of admiring eyes fastened upon him, unconsciousness of the deep, loving, sincere worship welling out of the breasts of those people and flowing toward him.

The clergyman at my left was an old acquaintance of mine — clergyman now, but had spent the first half of his life in the camp and field and as an instructor in the military school at Woolwich. Just at the moment I have been talking about a veiled and singular light glimmered in his eyes and he leaned down and muttered confidentially to me — indicating the hero of the banquet with a gesture :

"Privately — he's an absolute fool."

This verdict was a great surprise to me. If its subject had been Napoleon, or Socrates, or Solomon, my astonishment could not have been greater. Two things I was well aware of : that the Reverend was a man of strict veracity and that his judgment of men was good. Therefore I knew, beyond doubt or question, that the world was mistaken about this hero : he *was* a fool. So I meant to find out, at a convenient moment, how the Reverend, all solitary and alone, had discovered the secret.

Some days later the opportunity came, and this is what the Reverend told me :

1  Mark Twain

« L'histoire humoristique se raconte gravement ; le conteur fait de son mieux pour dissimuler le fait, qu'il soupçonne à peine, qu'il y a quelque chose de drôle... » *Comment raconter une histoire*

2

2  Navigation à vapeur sur le fleuve Columbia, photographie coloriée de Waldemar Abegg, 1905.

3  Licence de pilotage de l'écrivain Mark Twain.

« Parmi les nombreux et curieux métiers qu'il exerça, Samuel Langhorne Clemens fut pendant quelque temps pilote sur le Mississippi, où il entendait quotidiennement le cri du sondeur qui contrôlait la profondeur du fleuve en brasses : « Deep four!... Mark three !... Half twain !... Quarter twain !... Mark twain !... »

In accordance with the Act of Congress, approved Aug. 30, 1852.

The Original Removed

No.

PILOT'S CERTIFICATE.

The undersigned, Inspectors for the District of St. Louis, certify that **Samuel Clemens** having been by them this day duly examined, touching his qualifications as a **Pilot** of a Steam Boat, is a suitable and safe person to be intrusted with the power and duties of Pilot of Steam Boats, and do license him to act as such for one year from this date, on the following rivers, to wit: *On the Mississippi River to and from St. Louis and New Orleans*

Given under our hands, this 9th day of April 1859.

James H. McCord

M. Doyle Sen

I, James H. McCord, Inspector for the District of St. Louis, certify that the above named Saml Clemens this day, before me, solemnly swore that he would faithfully and honestly, according to his best skill and judgment, without concealment or reservation, perform all the duties required of him as a Pilot by the Act of Congress, approved August 30, 1852, entitled "An act to amend an act entitled 'An act to provide for the better security of the lives of passengers on board of vessels propelled in whole or in

3

4

5

4 « Les Mémoires de l'auteur » : Samuel Clemens tire ses visions de son imagination, caricature.

5 Scène extraite de *Cimarron*, le célèbre western de Wesley Ruggles, tourné en 1931.

À douze ans Mark Twain abandonna ses études et devint apprenti typographe dans une entreprise d'édition. C'est là qu'il commença à écrire des articles de journaux dans le style conventionnel de l'époque.

6 Photo de famille, Chicago, 1880.

« Soyez purs, honnêtes, sobres, travailleurs et attentionnés envers les autres et le succès dans la vie vous sera acquis. » *Edward Mills & George Benton.*

7

8

7  Colorado, photographie coloriée de Waldemar Abegg, 1905.

8  « Le Western sauvage », Sylvester Rawding et sa famille, Nebraska, photographie de Solomon D. Butcher, 1886.

« Il me semble clair que le Ciel, dans son impénétrable sagesse a jugé bon de déplacer le ranch du défendant à dessein. » *Le grand procès du glissement de terrain.*

THE
UNION PACIFIC
Railway
THROUGH
KANSAS & NEBRASKA
TO THE
ROCKIES & BEYOND.

9

9  Affiche de l'Union Pacific Railway, vers 1880.

10  Inauguration d'une nouvelle ligne de chemin de fer, États-Unis, fin du XIXᵉ siècle.

« Le 19 décembre 1853, je quittai Saint-Louis par le train du soir qui va à Chicago...[...] Le voyage promettait d'être joyeux, et pas un seul d'entre nous, je pense, n'avait le plus vague pressentiment des horreurs que nous endurerions bientôt. » *Cannibalisme dans les wagons.*

11

11  Les forces alliées à la bataille de Sébastopol, le 10 août 1855,
lithographie.

« Là était assis en chair et en os l'homme dont j'avais entendu parler des milliers de fois depuis ce jour où trente ans auparavant, son
nom fut projeté soudain au zénith à partir d'un champ de bataille
de Crimée, pour rester célébré à jamais. »  (Chance)

12  L'attaque de la garde anglaise à la bataille de Sébastopol, gravure coloriée, vers 1860.

12

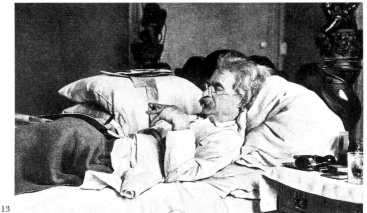

13 Mark Twain écrivant au lit.

14 En compagnie de John Lewis, un voisin fermier, qui sauva la vie de trois membres de sa famille.

15  Mark Twain devant sa maison à Hannibal, vers 1908.

« Mais derrière le rire, derrière l'absurde, se profile parfois un autre
Mark Twain, bien différent de l'amuseur public qu'il prétend être
[...] un observateur attentif des petits travers de ses concitoyens et
surtout un critique impitoyable du fonctionnement de la démocratie américaine. »

16  Jean-François Millet, *L'Angélus*, 1857-1859, Musée d'Orsay, Paris.

17  Jean-François Millet, *Femme venant de puiser l'eau à une rivière*, aquarelle, Musée du Louvre, Paris.

« ...la valeur de plus d'un grand artiste n'a jamais été reconnue avant qu'il ne soit affamé et mort. Cela est arrivé si souvent que j'ai eu l'effronterie d'en faire une loi. Cette loi : la valeur de *chaque* grand artiste méconnu et négligé doit être et sera reconnue, ses tableaux atteindront des prix élevés après sa mort. Mon projet est ceci : nous devons tirer au sort... l'un de nous doit mourir. » *Est-il vivant ou est-il mort ?*

18  Mark Twain

La naissance de l'écrivain coïncide avec l'apparition de la comète de Halley et sa mort, comme il l'avait prédit, avec la réapparition de cette même comète. Il se disait lui-même un « mystérieux et peut-être surnaturel visiteur venant d'autres lieux... »

J'analysais, je cherchais, je remarquais le calme, la réserve, la noble gravité de sa contenance, la simple honnêteté qui émanait de lui, la belle inconscience de sa grandeur — inconscience des centaines d'yeux admiratifs fixés sur lui, inconscience du respect profond, aimant, sincère qui jaillissait de la poitrine de ces gens et s'écoulait vers lui.

Le pasteur, à ma gauche, était une vieille connaissance, homme d'Église aujourd'hui, il avait passé la première moitié de sa vie dans un camp et sur un champ de bataille, puis comme instructeur à l'école militaire de Woolwich. Au moment dont je parle une lueur voilée et singulière vacilla dans ses yeux ; il se pencha vers moi et me murmura confidentiellement en désignant le héros du banquet d'un geste :

« En privé, c'est un complet imbécile. »

Ce jugement me surprit grandement. Si le sujet avait été Napoléon, ou Socrate, ou Salomon, mon étonnement n'aurait pas été plus grand. Il y avait deux choses dont j'étais bien conscient : le révérend était un homme de stricte vérité et son jugement sur les hommes était bon. Par conséquent, je savais, sans doute ni interrogation, que le monde avait été berné par ce héros : *c'était* un imbécile. Aussi je décidai de trouver, à un moment opportun, comment le révérend, seul et solitaire, avait découvert le secret.

Quelques jours plus tard, l'occasion se présenta, et voici ce que le révérend me raconta :

About forty years ago I was an instructor in the
military academy at Woolwich. I was present in
one of the sections when young Scoresby under-
went his preliminary examination. I was touched
to the quick with pity, for the rest of the class
answered up brightly and handsomely, while he
— why, dear me, he didn't know *anything*, so to
speak. He was evidently good, and sweet, and
lovable, and guileless; and so it was exceedingly
painful to see him stand there, as serene as a
graven image, and deliver himself of answers
which were veritably miraculous for stupidity and
ignorance. All the compassion in me was aroused
in his behalf. I said to myself, when he comes
to be examined again he will be flung over, of
course; so it will be simply a harmless act of cha-
rity to ease his fall as much as I can. I took him
aside and found that he knew a little of Cæsar's
history; and as he didn't know anything else, I
went to work and drilled him like a galley-slave
on a certain line of stock questions concerning
Cæsar which I knew would be used. If you'll
believe me, he went through with flying colors on
examination day! He went through on that
purely superficial "cram," and got compliments
too, while others, who knew a thousand times
more than he, got plucked. By some strangely
lucky accident — an accident not likely to happen twice in a century — he was asked no question outside of the narrow limits of his drill.

« Il y a environ quarante ans, j'étais instructeur à l'académie militaire de Woolwich. J'étais dans une des sections quand le jeune Scoresby subit son examen préliminaire. Je fus touché au vif par la pitié, car le reste de ma classe répondit brillamment et de belle façon, tandis que lui… eh bien, mon Dieu, il ne savait *rien*, pour ainsi dire. À l'évidence, il était bon, gentil, aimable et sans fourberie ; c'est pourquoi il était extrêmement triste de le voir rester là, aussi serein qu'une gravure, donner des réponses qui étaient véritablement miraculeuses de stupidité et d'ignorance. Toute ma compassion s'élevait en sa faveur. Je me dis que lorsqu'il reviendrait à nouveau passer son examen il serait recalé, bien sûr ; alors ce serait un simple acte de charité sans conséquence que d'adoucir sa chute autant que je le pouvais. Je le pris à part et je découvris qu'il connaissait un peu l'histoire de César ; comme il ne savait rien d'autre, je me mis au travail et lui rabâchai comme un galérien un certain nombre de questions sur César qui, je le savais, seraient posées. Vous me croirez si vous voulez, il réussit son examen haut la main ! Il le passa avec ce "bourrage de crâne" purement superficiel et reçut les compliments du jury, tandis que d'autres, qui savaient mille fois plus de choses que lui, furent recalés. Par un étrange accident de la chance, un accident qui n'arrive pas deux fois dans un siècle, il ne lui fut posé aucune question qui dépassât les limites étroites de son rabâchage.

It was stupefying. Well, all through his course
I stood by him, with something of the sentiment
which a mother feels for a crippled child; and
he always saved himself — just by miracle, apparently.

Now, of course, the thing that would expose
him and kill him at last was mathematics. I
resolved to make his death as easy as I could; so
I drilled him and crammed him, and crammed
him and drilled him, just on the line of questions
which the examiners would be most likely to use,
and then launched him on his fate. Well, sir, try
to conceive of the result : to my consternation, he
took the first prize! And with it he got a perfect
ovation in the way of compliments.

Sleep? There was no more sleep for me for a
week. My conscience tortured me day and night.
What I had done I had done purely through cha-
rity, and only to ease the poor youth's fall. I never
had dreamed of any such preposterous results as
the thing that had happened. I felt as guilty and
miserable as Frankenstein. Here was a wooden-
head whom I had put in the way of glittering promotions and prodigious responsibilities, and but
one thing could happen : he and his responsibilities would all go to ruin together at the first
opportunity.

The Crimean War had just broken out. Of
course there had to be a war, I said to myself.

C'était stupéfiant. Eh bien, durant tout son examen je me tins à côté de lui, avec quelque chose du sentiment qu'une mère ressent pour un enfant infirme, et il sauva sa peau chaque fois... apparemment, comme par miracle.

Ensuite, bien sûr, ce qui le dévoilerait et l'achèverait à la fin serait les mathématiques. Je décidai d'adoucir sa mort autant que je le pouvais, aussi je lui rabâchai et lui bourrai le crâne, lui bourrai le crâne et lui rabâchai la liste des questions que les examinateurs seraient à même de poser, puis le lançai vers son destin. Eh bien, monsieur, essayez d'imaginer le résultat : à ma consternation, il emporta le premier prix ! De plus, il reçut une véritable ovation en guise de compliment.

Dormir ? Je ne pus plus dormir pendant une semaine. Ma conscience me torturait jour et nuit. Ce que j'avais fait, je l'avais fait par pure charité et pour adoucir la chute d'un pauvre jeune homme. Je n'avais jamais rêvé d'un résultat aussi absurde que celui-là. Je me sentais aussi coupable et misérable que Frankenstein[1]. Il y avait là une tête de bois que j'avais mise sur le chemin de splendides promotions et de responsabilités prodigieuses, et une seule chose pouvait arriver : lui et ses responsabilités s'écrouleraient, ensemble, à la première occasion.

La guerre de Crimée venait d'être déclarée. Bien sûr, il devait y avoir une guerre, me dis-je.

---

1. *Frankenstein ou le Prométhée moderne,* roman de Mary Shelley, paru en 1818.

We couldn't have peace and give this donkey a chance to die before he is found out. I waited for the earthquake. It came. And it made me reel when it did come. He was actually gazetted to a captaincy in a marching regiment! Better men grow old and gray in the service before they climb to a sublimity like that. And who could ever have foreseen that they would go and put such a load of responsibility on such green and inadequate shoulders? I could just barely have stood it if they had made him a cornet; but a captain — think of it! I thought my hair would turn white.

Consider what I did — I who so loved repose and inaction. I said to myself, I am responsible to the country for this, and I must go along with him and protect the country against him as far as I can. So I took my poor little capital that I had saved up through years of work and grinding economy, and went with a sigh and bought a cornetcy in his regiment, and away we went to the field.

And there — oh, dear, it was awful. Blunders? — why, he never did anything *but* blunder. But, you see, nobody was in the fellow's secret. Everybody had him focused wrong, and necessarily misinterpreted his performance every time. Consequently they took his idiotic blunders for inspirations of genius. They did, honestly! His mildest blunders were enough to make a man in his right mind cry; and they did make me cry — and rage and rave, too, privately.

Nous ne pouvions pas rester en paix et donner une chance à l'imbécile de mourir avant d'être découvert. J'attendis le tremblement de terre. Il eut lieu. Et cela me fit chanceler. Il fut alors nommé capitaine d'un régiment d'infanterie ! Des hommes meilleurs vieillissent et grisonnent à leur grade avant d'atteindre une telle sublimité. Et qui aurait pu pressentir qu'on déposerait une telle charge de responsabilités sur des épaules si jeunes et si inappropriées ? J'aurais tout juste pu comprendre qu'on le nomme porte-étendard, mais capitaine ! Vous pensez ! Je crus que mes cheveux allaient blanchir.

Considérez ce que j'ai fait, moi qui aime tant le repos et l'inaction. Je me dis que j'étais responsable de cela envers le pays et que je devais continuer avec lui et en protéger la patrie autant que je le pouvais. Aussi je pris le pauvre petit capital que j'avais épargné durant des années de travail et d'économies écrasantes et, avec un soupir, j'allai acheter un grade de cornette dans son régiment ; nous partîmes pour le champ de bataille.

Et là, ô, mon Dieu, ce fut affreux. Des gaffes ?... Eh bien, il ne fit jamais rien *si ce n'est* des gaffes. Mais, voyez-vous, personne ne connaissait le secret du bonhomme. Tout le monde avait une vision fausse de lui et chaque fois interprétait nécessairement mal ses actes. Du coup, on prit ses impairs stupides pour des inspirations géniales. Pour de vrai ! Ses bêtises les plus légères auraient fait crier un homme sensé, et elles me firent crier, rager et m'emporter, aussi, en privé.

And the thing that kept me always in a sweat of apprehension was the fact that every fresh blunder he made increased the luster of his reputation! I kept saying to myself, he'll get so high that when discovery does finally come it will be like the sun falling out of the sky.

He went right along up, from grade to grade, over the dead bodies of his superiors, until at last, in the hottest moment of the battle of — down went our colonel, and my heart jumped into my mouth, for Scoresby was next in rank! Now for it, said I; we'll all land in Sheol in ten minutes, sure.

The battle was awfully hot; the allies were steadily giving way all over the field. Our regiment occupied a position that was vital; a blunder now must be destruction. At this crucial moment, what does this immortal fool do but detach the regiment from its place and order a charge over a neighboring hill where there wasn't a suggestion of an enemy! "There you go!" I said to myself; "this *is* the end at last."

And away we did go, and were over the shoulder of the hill before the insane movement could be discovered and stopped. And what did we find? An entire and unsuspected Russian army in reserve! And what happened? We were eaten up? That is necessarily what would have happened in ninety-nine cases out of a hundred. But no; those Russians argued that no single regiment would come browsing around there at such a time.

Ce qui me faisait toujours transpirer d'appréhension était que chaque nouvelle gaffe qu'il faisait accroissait le lustre de sa réputation! Je continuais à me dire qu'il monterait si haut que, lorsqu'on le découvrirait, ce serait comme si le soleil tombait du ciel

Il fit son chemin, montant de grade en grade, sur les cadavres de ses supérieurs, jusqu'à ce qu'enfin, au moment le plus chaud de la bataille de... notre colonel fût tué, et le cœur me monta aux lèvres, car Scoresby était le plus gradé après lui! Cette fois, je me dis : "Nous serons tous en Shéol[1] dans dix minutes, c'est sûr!"

La bataille faisait rage : les alliés occupaient fermement le terrain. Notre régiment tenait une position vitale; une erreur maintenant serait la ruine. Au moment crucial, que fait cet imbécile immortel si ce n'est déplacer le régiment et lui ordonner de charger une colline du voisinage où il n'y a pas l'ombre d'un ennemi! "Cette fois, ça y est! me dis-je, *c'est* la fin."

Nous partîmes et montâmes sur le contrefort de la colline avant qu'on découvre cette manœuvre folle et qu'on l'arrête. Et qu'est-ce que nous trouvâmes? Une armée de réserve entière et insoupçonnée de Russes! Qu'arriva-t-il? Est-ce que nous fûmes dévorés? C'est ce qui serait nécessairement arrivé dans quatre-vingt-dix-neuf cas sur cent. Mais non, ces Russes pensèrent qu'un régiment seul ne viendrait pas s'ébattre là à un tel moment.

1. L'Enfer des Hébreux.

It must be the entire English army, and that the sly Russian game was detected and blocked; so they turned tail, and away they went, pell-mell, over the hill and down into the field, in wild confusion, and we after them; they themselves broke the solid Russian center in the field, and tore through, and in no time there was the most tremendous rout you ever saw, and the defeat of the allies was turned into a sweeping and splendid victory! Marshal Canrobert looked on, dizzy with astonishment, admiration, and delight; and sent right off for Scoresby, and hugged him, and decorated him on the field in presence of all the armies!

And what was Scoresby's blunder that time? Merely the mistaking his right hand for his left — that was all. An order had come to him to fall back and support our right; and, instead, he fell *forward* and went over the hill to the left. But the name he won that day as a marvelous military genius filled the world with his glory, and that glory will never fade while history books last.

He is just as good and sweet and lovable and unpretending as a man can be, but he doesn't know enough to come in when it rains. Now that is absolutely true. He is the supremest ass in the universe; and until half an hour ago nobody knew it but himself and me. He has been pursued, day by day and year by year, by a most phenomenal and astonishing luckiness. He has been a shining soldier in all our wars for a generation;

Il y avait sûrement toute l'armée anglaise et le jeu secret des Russes était découvert et bloqué; aussi firent-ils demi-tour et partirent-ils, pêle-mêle, sur la colline et à travers champs, dans une confusion effrénée, et nous les suivîmes. Ils rompirent eux-mêmes le solide centre russe sur le champ de bataille, le déchirèrent de part en part et en un instant ce fut la déroute la plus terrible qu'on ait jamais vue, et la défaite des alliés tourna en une victoire complète et splendide! Le maréchal Canrobert regarda cela, étourdi de surprise, d'admiration et de plaisir; il envoya chercher Scoresby, l'embrassa et le décora sur le champ de bataille en présence de toutes les armées!

Et quelle fut la bévue de Scoresby cette fois? Tout bonnement de confondre sa main droite avec sa main gauche, c'est tout. On lui avait donné l'ordre de se replier et d'aider l'aile droite; au lieu de cela, il *avança* et gravit la colline à sa gauche. Mais le renom qu'il gagna ce jour-là comme merveilleux génie militaire remplit le monde de sa gloire et cette gloire ne faiblira pas tant que les livres d'Histoire existeront.

Il est aussi bon, gentil, aimable et simple qu'un homme peut l'être, mais il ne sait pas quoi faire quand il se met à pleuvoir. C'est absolument vrai. C'est l'âne suprême de l'univers; et il y a une demi-heure personne d'autre que moi ne le savait. Il a été poursuivi, jour après jour, par la chance la plus phénoménale et étonnante. Il a été un soldat brillant dans toutes nos guerres pour une génération;

he has littered his whole military life with blunders, and yet has never committed one that
didn't make him a knight or a baronet or a lord
or something. Look at his breast; why, he is just
clothed in domestic and foreign decorations.
Well, sir, every one of them is the record of some
shouting stupidity or other; and, taken together,
they are proof that the very best thing in all this
world that can befall a man is to be born lucky. I
say again, as I said at the banquet, Scoresby's an
absolute fool.

(1891)

il a jonché toute sa carrière militaire de ses
bévues et pourtant n'en a jamais commis une qui
l'empêche de devenir chevalier, baron, lord ou
autre. Regardez sa poitrine : eh bien, il est seulement vêtu de décorations nationales et étran-
gères. Vraiment, monsieur, chacune d'entre elles
est le souvenir d'une quelconque stupidité criante
et, prises ensemble, elles sont la preuve que la
meilleure chose au monde qui puisse arriver à un
homme est d'être né chanceux. Je le redis, comme
je l'ai dit au banquet, Scoresby est un complet
imbécile. »

(1891)

# Is He Living or Is He Dead?

I was spending the month of March, 1892, at Mentone, in the Riviera. At this retired spot one has all the advantages, privately, which are to be had at Monte Carlo and Nice, a few miles farther along, publicly. That is to say, one has the flooding sunshine, the balmy air, and the brilliant blue sea, without the marring additions of human powwow and fuss and feathers and display. Mentone is quiet, simple, restful, unpretentious; the rich and the gaudy do not come there. As a rule, I mean, the rich do not come there. Now and then a rich man comes, and I presently got acquainted with one of these. Partially to disguise him I will call him Smith. One day, in the Hôtel des Anglais, at the second breakfast, he exclaimed:

# *Est-il vivant ou est-il mort ?*[1]

Je passais le mois de mars 1892 à Menton, sur la Riviera. Dans cet endroit retiré on a tous les avantages, en privé, que l'on peut avoir à Monte-Carlo et Nice, quelques kilomètres plus loin, publiquement. Cela pour dire que l'on a le soleil à flots, l'air embaumé, la mer bleue et scintillante sans les accumulations ruineuses de réunions[2] humaines, l'agitation, les vanités et l'exhibition. Menton est calme, simple, reposante, modeste ; l'homme riche et l'homme fastueux ne viennent pas là. En règle générale, je veux dire, le riche ne vient pas là. De temps en temps arrive un homme riche et je fis justement la connaissance de l'un d'entre eux. Pour le dissimuler en partie, je l'appellerai Smith. Un jour, à l'Hôtel des Anglais, au déjeuner, il s'exclama :

1. Cette nouvelle est extraite de *The Man that Corrupted Hadleyburg.*
2. *Powvow* : à l'origine, fête des Peaux-Rouges, et, en américain, conférence, réunion.

"Quick! Cast your eye on the man going out at the door. Take in every detail of him."

"Why?"

"Do you know who he is?"

"Yes. He spent several days here before you came. He is an old, retired, and very rich silk manufacturer from Lyons, they say, and I guess he is alone in the world, for he always looks sad and dreamy, and doesn't talk with anybody. His name is Théophile Magnan."

I supposed that Smith would now proceed to justify the large interest which he had shown in Monsieur Magnan; but instead he dropped into a brown study, and was apparently lost to me and to the rest of the world during some minutes. Now and then he passed his fingers through his flossy white hair, to assist his thinking, and meantime he allowed his breakfast to go on cooling. At last he said:

"No, it's gone; I can't call it back."

"Can't call what back?"

"It's one of Hans Andersen's beautiful little stories. But it's gone from me. Part of it is like this: A child has a caged bird, which it loves, but thoughtlessly neglects. The bird pours out its song unheard and unheeded; but in time, hunger and thirst assail the creature, and its song grows plaintive and feeble and finally ceases — the bird dies.

« Vite ! Jetez un coup d'œil sur l'homme qui passe la porte pour sortir. Notez-en chaque détail.

— Pourquoi ?

— Savez-vous qui il est ?

— Oui. Il est ici depuis plusieurs jours. C'est un ancien industriel de la soie de Lyon, à la retraite, très riche, à ce qu'on dit, et je pense qu'il est seul au monde car il semble toujours triste, rêveur et ne parle avec personne. Son nom est Théophile Magnan. »

Je supposais que Smith justifierait alors l'intérêt qu'il avait montré pour M. Magnan ; mais, au lieu de ça, il se plongea dans ses pensées et fut apparemment perdu pour moi comme pour le reste du monde pendant plusieurs minutes. De temps en temps, il passait ses doigts dans ses soyeux cheveux blancs pour s'aider à réfléchir et en même temps laissait refroidir son déjeuner. Enfin il dit :

« Non, c'est parti ; je ne peux pas me le rappeler.

— Vous rappeler quoi ?

— C'est une des ravissantes petites histoires de Hans Andersen. Mais elle s'est enfuie. C'est en partie quelque chose comme ça : un enfant a attrapé un oiseau qu'il aime mais qu'il néglige étourdiment. L'oiseau déverse sa chanson sans être entendu et sans qu'on y fasse attention ; mais un jour la faim et la soif assaillent la créature et son chant devient plaintif et faible, et finalement cesse. L'oiseau meurt.

The child comes, and is smitten to the heart with remorse; then, with bitter tears and lamentations, it calls its mates, and they bury the bird with elaborate pomp and the tenderest grief, without knowing, poor things, that it isn't children only who starve poets to death and then spend enough on their funerals and monuments to have kept them alive and made them easy and comfortable. Now —"

But here we were interrupted. About ten that evening I ran across Smith, and he asked me up to his parlor to help him smoke and drink hot Scotch. It was a cozy place, with its comfortable chairs, its cheerful lamps, and its friendly open fire of seasoned olive-wood. To make everything perfect, there was the muffled booming of the surf outside. After the second Scotch and much lazy and contented chat, Smith said:

"Now we are properly primed — I to tell a curious history, and you to listen to it. It has been a secret for many years — a secret between me and three others; but I am going to break the seal now. Are you comfortable?"

"Perfectly. Go on."

Here follows what he told me:

L'enfant vient et se frappe le cœur avec remords, puis, avec des larmes amères et des lamentations, il appelle ses amis et ils enterrent l'oiseau en grande pompe et avec le chagrin le plus tendre, sans savoir, pauvres choses, qu'il n'y a pas que les enfants qui affament les poètes jusqu'à la mort puis dépensent ensuite suffisamment en funé-railles et monuments pour les garder en vie et les installer à l'aise et confortablement. Mainte-nant... »

Mais là il fut interrompu. Vers dix heures ce soir-là je rencontrai Smith et il me demanda de l'accompagner dans son petit salon[1] pour fumer et boire du scotch sans glace avec lui. C'était un endroit intime, fauteuils confortables, lampes agréables et douce flambée de bois d'olivier de saison. Pour rendre le tout parfait, il y avait le grondement assourdissant des vagues dehors. Après le second scotch et une conversation très indolente et satisfaisante, Smith dit :

« Maintenant que nous sommes convenable-ment préparés, je vais vous raconter une curieuse histoire et vous allez l'écouter. Ça a été un secret pendant de nombreuses années, un secret entre moi et trois autres personnes, mais je vais main-tenant briser le sceau. Êtes-vous bien installé ?

— Parfaitement. Allez-y. »

Voici ce qu'il me raconta :

---

1. Parlor = parlour.

"A long time ago I was a young artist — a very young artist, in fact — and I wandered about the country parts of France, sketching here and sketching there, and was presently joined by a couple of darling young Frenchmen who were at the same kind of thing that I was doing. We were as happy as we were poor, or as poor as we were happy — phrase it to suit yourself. Claude Frère and Carl Boulanger — these are the names of those boys; dear, dear fellows, and the sunniest spirits that ever laughed at poverty and had a noble good time in all weathers.

"At last we ran hard aground in a Breton village, and an artist as poor as ourselves took us in and literally saved us from starving — François Millet —"

"What! the *great* François Millet?"

"Great? He wasn't any greater than we were, then. He hadn't any fame, even in his own village; and he was so poor that he hadn't anything to feed us on but turnips, and even the turnips failed us sometimes. We four became fast friends, doting friends, inseparables. We painted away together with all our might, piling up stock, piling up stock, but very seldom getting rid of any of it. We had lovely times together; but, O my soul! how we were pinched now and then!

"For a little over two years this went on. At last, one day, Claude said :

"'Boys, we've come to the end. Do you understand that? — absolutely to the end.

« Il y a longtemps j'étais un jeune artiste, un très jeune artiste en fait, et j'allais çà et là à travers les régions de France, faisant une ébauche ici et là, et j'étais accompagné de deux jeunes Français adorables qui faisaient la même chose que moi. Nous étions aussi heureux que nous étions pauvres, ou nous étions aussi pauvres que nous étions heureux — trouvez vous-même l'expression qui convient. Claude Frère et Carl Boulanger, c'était le nom de ces garçons. Chers, chers amis, les esprits les plus gais qui aient jamais ri de la pauvreté et pris du bon temps par tous les temps.

« Finalement nous arrivâmes dans un village breton et un artiste aussi pauvre que nous nous reçut et nous sauva littéralement de la faim : François Millet…

— Quoi ! le *grand* François Millet ?

— Grand ? Il n'était pas plus grand que nous, alors. Il n'était pas célèbre, même dans son propre village, et il était si pauvre qu'il n'avait rien pour nous nourrir à part des navets, et même les navets nous manquaient parfois. Tous les quatre, nous devînmes rapidement amis, extrêmement amis, inséparables. Nous peignions ensemble de toutes nos forces, amassant des toiles, et des toiles, mais ne nous en débarrassant que très rarement. Nous passions des moments merveilleux ensemble, mais, ô mon Dieu, comme nous nous privions de temps en temps !

« Environ deux ans s'écoulèrent. Enfin, un jour, Claude dit . "Jeunes gens, nous sommes à bout. Le comprenez-vous ? Vraiment à bout.

Everybody has struck — there's a league formed against us. I've been all around the village and it's just as I tell you. They refuse to credit us for another centime until all the odds and ends are paid up.'

"This struck us cold. Every face was blank with dismay. We realized that our circumstances were desperate, now. There was a long silence. Finally, Millet said with a sigh :

" 'Nothing occurs to me — nothing. Suggest something, lads.'

"There was no response, unless a mournful silence may be called a response. Carl got up, and walked nervously up and down awhile, then said :

" 'It's a shame ! Look at these canvases : stacks and stacks of as good pictures as anybody in Europe paints — I don't care who he is. Yes, and plenty of lounging strangers have said the same — or nearly that, anyway.'

" 'But didn't buy,' Millet said.

" 'No matter, they said it; and it's true, too. Look at your "Angelus" there ! Will anybody tell me —'

" 'Pah, Carl — my "Angelus" ! I was offered five francs for it.'

" 'When ?'

" 'Who offered it ?'

" 'Where is he ?'

" 'Why didn't you take it ?'

Tout le monde a frappé, on s'est ligué contre nous. J'ai fait tout le tour du village et c'est comme je vous le dis. On refuse de nous faire crédit d'un centime jusqu'à ce que tout soit payé."

« Cela nous glaça. Chaque visage était blanc de consternation. Nous réalisions que notre situation était désespérée maintenant. Il y eut un long silence. Finalement, Claude dit avec un soupir :

« "Rien ne me vient… rien. Suggérez quelque chose, les gars."

« Il n'y eut pas de réponse, à moins d'appeler un silence lugubre une réponse. Carl se leva et marcha nerveusement de long en large pendant un moment, puis dit :

« "C'est une honte ! Regardez ces toiles, des tas et des tas d'aussi bons tableaux que ce qui se peint en Europe — je me fiche de savoir par qui. Oui, et beaucoup d'étrangers de passage ont dit la même chose, ou presque, qu'importe.

« — Mais n'ont pas acheté, dit Millet.

« — Qu'importe, ils l'ont dit, et c'est vrai en plus. Regarde ton *Angélus*[1], là ! Qui me dira…

« — Bah, Carl… mon *Angélus* ! On m'en a offert cinq francs.

« — Quand ?

« — Qui ?

« — Où sont-ils ?

« — Pourquoi ne les as-tu pas pris ?

---

1. *L'Angélus*, huile sur toile, peinte en 1858-1859. Ce tableau représente deux paysans immobiles qui ont posé leurs outils pour prier.

" 'Come — don't all speak at once. I thought he would give more — I was sure of it — he look-ed it — so I asked him eight.'

" 'Well — and then?'

" 'He said he would call again.'

" 'Thunder and lightning! Why, François — '

" 'Oh, I know — I know! It was a mistake, and I was a fool. Boys, I meant for the best; you'll grant me that, and I —'

" 'Why, certainly, we know that, bless your dear heart; but don't you be a fool again.'

" 'I? I wish somebody would come along and offer us a cabbage for it — you'd see!'

" 'A cabbage! Oh, don't name it — it makes my mouth water. Talk of things less trying.'

" 'Boys,' said Carl, '*do* these pictures lack merit? Answer me that.'

" 'No!'

" 'Aren't they of very great and high merit? Answer me that.'

" 'Yes.'

" 'Of such great and high merit that, if an illus-trious name were attached to them, they would sell at splendid prices. Isn't it so?'

" 'Certainly it is. Nobody doubts that.'

" 'But — I'm not joking — *isn't* it so?'

" 'Why, of course it's so — and *we* are not joking. But what of it? What of it? How does that concern us?'

" 'In this way, comrades — we'll *attach* an illustrious name to them!'

« — Allons… ne parlez pas tous à la fois. J'ai pensé qu'il donnerait plus… j'en étais sûr… il l'examinait… alors je lui en ai demandé huit.

« — Bien… et alors ?

« — Il a dit qu'il reviendrait.

« — Tonnerre et éclair ! Pourquoi, François…

« — Oh, je sais, je sais ! C'était une erreur et j'ai été idiot. Les gars, je suis destiné au meilleur ; vous me concéderez ça, et je…

« — Eh bien, certainement, nous savons cela, sois béni, cher ami ; mais ne fais plus l'idiot.

« — Moi ? Je souhaite que quelqu'un vienne et nous en offre un chou… Vous verriez !

« — Un chou ! Oh, n'en parle pas… cela me met l'eau à la bouche. Parlons de choses moins pénibles.

« — Jeunes gens, dit Carl, *est-ce que* ces tableaux manquent de valeur ? Répondez-moi.

« — Non !

« — Ne sont-ils pas d'une très grande et importante valeur ? Répondez-moi.

« — Si.

« — D'une si grande et importante valeur que, si un nom connu y était attaché, ils seraient vendus à des prix mirobolants. N'est-ce pas ainsi ?

« — Certainement. Personne n'en doute.

« — Mais, et je ne plaisante pas, *n'est-ce pas* ainsi ?

« — Eh, bien sûr que c'est ainsi, et *nous* ne plaisantons pas. Et alors ? Alors ? En quoi cela nous concerne-t-il ?

« — En ceci, camarades : nous allons leur *attacher* un nom célèbre !"

"The lively conversation stopped. The faces were turned inquiringly upon Carl. What sort of riddle might this be? Where was an illustrious name to be borrowed? And who was to borrow it?

"Carl sat down, and said:

" 'Now, I have a perfectly serious thing to propose. I think it is the only way to keep us out of the almshouse, and I believe it to be a perfectly sure way. I base this opinion upon certain multitudinous and long-established facts in human history. I believe my project will make us all rich.'

" 'Rich! You've lost your mind.'

" 'No, I haven't.'

" 'Yes, you have — you've lost your mind. What do you *call* rich?'

" 'A hundred thousand francs apiece.'

" 'He *has* lost his mind. I knew it.'

" 'Yes, he has. Carl, privation has been too much for you, and —'

" 'Carl, you want to take a pill and get right to bed.'

" 'Bandage him first — bandage his head, and then —'

" 'No, bandage his heels; his brains have been settling for weeks — I've noticed it.'

" 'Shut up!' said Millet, with ostensible severity, 'and let the boy say his say. Now, then — come out with your project, Carl. What is it?'

" 'Well, then, by way of preamble I will ask you to note this fact in human history:

« La conversation animée cessa. Les visages étaient tournés avec curiosité vers Carl. Quelle sorte d'énigme était-ce ? Où y avait-il un nom célèbre à emprunter ? Et qui allait l'emprunter ?

« Carl s'assit et dit :

« "Donc, j'ai une idée parfaitement sérieuse à proposer. Je pense que c'est le seul moyen de nous préserver de l'hospice et je crois que c'est un moyen très sûr. Je fonde cette opinion sur une multitude de faits certains et bien établis dans l'histoire humaine. Je crois que mon projet nous rendra tous riches.

« — Riches ! Tu as perdu la tête.

« — Non.

« — Si, tu as perdu la tête. Qu'*appelles-tu* riches ?

« — Une centaine de milliers de francs chacun.

« — Il *a* perdu la tête. Je le savais.

« — Oui. Carl, les privations ont été trop dures pour toi, et…

« — Carl, tu vas prendre un cachet et aller directement au lit.

« — Bande-le d'abord, bande-lui la tête, et puis…

« — Non, bande-lui les talons ; son cerveau s'y est installé depuis des semaines, je l'ai remarqué.

« — Taisez-vous ! dit Millet avec une sévérité apparente, et laissez ce garçon dire ce qu'il a à dire. Alors, maintenant, expose ton projet, Carl. Quel est-il ?

« — Eh bien, en guise de préambule je vous demanderai de noter ce fait dans l'histoire humaine :

that the merit of many a great artist has never
been acknowledged until after he was starved and
dead. This has happened so often that I make
bold to found a law upon it. This law : that the
merit of *every* great unknown and neglected artist
must and will be recognized, and his pictures
climb to high prices after his death. My project is
this : we must cast lots — one of us must die.'

"The remark fell so calmly and so unexpec-
tedly that we almost forgot to jump. Then there
was a wild chorus of advice again — medical
advice — for the help of Carl's brain; but he waited patiently for the hilarity to calm down, then
went on again with his project :

" 'Yes, one of us must die, to save the others
— and himself. We will cast lots. The one chosen
shall be illustrious, all of us shall be rich. Hold
still, now — hold still; don't interrupt — I tell
you I know what I am talking about. Here is the
idea. During the next three months the one who
is to die shall paint with all his might, enlarge
his stock all he can — not pictures, *no*! skeleton
sketches, studies, parts of studies, fragments of
studies, a dozen dabs of the brush on each
— meaningless, of course, but *his* with his cipher
on them; turn out fifty a day, each to contain
some peculiarity or mannerism, easily detectable
as his —

que la valeur de plus d'un grand artiste n'a jamais été reconnue avant qu'il ne soit affamé et mort. Cela est arrivé si souvent que j'ai eu l'effronterie d'en faire une loi. Cette loi : la valeur de *chaque* grand artiste méconnu et négligé doit être et sera reconnue, ses tableaux atteindront des prix élevés après sa mort. Mon projet est ceci : nous devons tirer au sort... l'un de nous doit mourir."

« Cette réflexion tomba si calmement et de manière si inattendue que nous en oubliâmes de bondir. Puis il y eut à nouveau un chœur de conseils, conseils médicaux, pour aider le cerveau de Carl ; mais il attendit patiemment que l'hilarité retombe puis revint à son projet :

« "Oui, l'un de nous doit mourir, pour sauver les autres, et lui-même. Nous tirerons au sort. Celui qui sera choisi devrait être célèbre, nous devrions tous être riches. Du calme, maintenant... du calme ; ne m'interrompez pas, je vous dis que je sais de quoi je parle. Voici l'idée. Pendant les trois prochains mois, celui qui doit mourir devra peindre de toutes ses forces, augmenter son fonds autant qu'il le pourra — pas de tableaux, *non* ! des esquisses, des croquis, des études, des morceaux d'étude, des fragments d'étude, une douzaine de coups de pinceau sur chacun, dépourvus de sens, bien sûr, mais avec ses initiales dessus ; il en produira quinze par jour, chacun ayant sa singularité ou sa particularité, facilement repérable comme étant de lui :

*they're* the things that sell you know, and are
collected at fabulous prices for the world's
museums, after the great man is gone; we'll have
a ton of them ready — a ton! And all that time
the rest of us will be busy supporting the mori-
bund, and working Paris and the dealers — preparations for the coming event, you know; and
when everything is hot and just right, we'll spring
the death on them and have the notorious funeral. You get the idea?'

" 'N-o; at least, not qu—'

" 'Not quite? Don't you see? The man doesn't
really die; he changes his name and vanishes; we
bury a dummy, and cry over it, with all the world
to help. And I —'

"But he wasn't allowed to finish. Everybody
broke out into a rousing hurrah of applause; and
all jumped up and capered about the room and
fell on each other's necks in transports of gratitude and joy. For hours we talked over the great
plan, without ever feeling hungry; and at last,
when all the details had been arranged satisfacto-
rily, we cast lots and Millet was elected — elected
to die, as we called it.

*voilà* ce qu'on vend, vous savez, et ce qu'on rassemble à des prix fabuleux pour les musées mondiaux, après la mort du grand homme ; nous en aurons une tonne toute prête, une tonne ! Et pendant tout ce temps les autres seront occupés à soutenir le moribond et à agir à Paris et auprès des marchands, préparations d'événements futurs, vous savez ; et, quand tout sera prêt et juste à point, nous leur annoncerons la mort et nous obtiendrons des funérailles éclatantes. Vous voyez l'idée ?

« — Nn... on ; en fait, pas vraim...

« — Pas vraiment ? Vous ne voyez pas ? L'homme ne meurt pas réellement ; il change de nom et disparaît ; nous enterrons un mannequin et nous le pleurons, avec l'aide de tout le monde. Et je..."

« Mais il ne put pas finir. Chacun éclata en une salve d'applaudissements et de hourras, et tous sautèrent, firent des cabrioles dans la pièce, se jetèrent au cou les uns des autres dans des transports de gratitude et de joie. Pendant des heures, nous avons discuté du grand plan, sans jamais avoir faim, et enfin, quand tous les détails ont été réglés de manière satisfaisante, nous avons tiré au sort et Millet a été choisi, choisi pour mourir, comme nous le disions.

Then we scraped together those things which one never parts with until he is betting them against future wealth — keepsake trinkets and such like — and these we pawned for enough to furnish us a frugal farewell supper and breakfast, and leave us a few francs over for travel, and a stake of turnips and such for Millet to live on for a few days.

"Next morning, early, the three of us cleared out, straightway after breakfast — on foot, of course. Each of us carried a dozen of Millet's small pictures, purposing to market them. Carl struck for Paris, where he would start the work of building up Millet's fame against the coming great day. Claude and I were to separate, and scatter abroad over France.

"Now, it will surprise you to know what an easy and comfortable thing we had. I walked two days before I began business. Then I began to sketch a villa in the outskirts of a big town — because I saw the proprietor standing on an upper veranda. He came down to look on — I thought he would. I worked swiftly, intending to keep him interested. Occasionally he fired off a little ejaculation of approbation, and by and by he spoke up with enthusiasm, and said I was a master!

"I put down my brush, reached into my satchel, fetched out a Millet, and pointed to the cipher in the corner. I said, proudly :

Puis nous avons rassemblé toutes ces choses dont on ne se sépare jamais, jusqu'à ce qu'on les parie contre la richesse future, souvenirs, babioles et autres, et elles furent mises en gage afin de nous procurer de quoi faire un souper d'adieu frugal et un déjeuner, et nous laisser quelques francs pour voyager, ainsi qu'une provision[1] de navets pour Millet afin qu'il vive quelques jours.

« Le matin suivant, tôt, nous partîmes tous les trois, directement après le déjeuner ; à pied, bien sûr. Chacun de nous transportait une douzaine de petits tableaux de Millet à marchander. Carl prit la route de Paris, où il devait commencer à bâtir la réputation de Millet en vue du grand jour. Claude et moi nous nous séparâmes et nous dispersâmes à travers la France.

« Eh bien, cela vous surprendra de savoir combien ce fut facile et agréable. Je marchai deux jours avant de me mettre au travail. Puis je commençai à esquisser une villa dans les faubourgs d'une grande ville... parce que je vis le propriétaire debout dans une haute véranda. Il descendit pour regarder — je pensais qu'il le ferait. Je travaillais rapidement, espérant le garder intéressé. De temps en temps, il laissait échapper un petit cri d'approbation et bientôt il exprima son enthousiasme et dit que j'étais un maître !

« Je posai mon pinceau, saisis ma sacoche, sortis un Millet et montrai les initiales dans le coin. Je dis fièrement :

---

1. *Stake* : américanisme.

" 'I suppose you recognize *that* ? Well, he taught me ! I should *think* I ought to know my trade !'

"The man looked guiltily embarrassed, and was silent. I said, sorrowfully :

" 'You don't mean to intimate that you don't know the cipher of François Millet !'

"Of course he didn't know that cipher; but he was the gratefulest man you ever saw, just the same, for being let out of an uncomfortable place on such easy terms. He said :

" 'No ! Why, it *is* Millet's, sure enough ! I don't know what I could have been thinking of. Of course I recognize it now.'

"Next, he wanted to buy it; but I said that although I wasn't rich I wasn't *that* poor. However, at last, I let him have it for eight hundred francs."

"Eight hundred !"

"Yes. Millet would have sold it for a pork-chop. Yes, I got eight hundred francs for that little thing. I wish I could get it back for eighty thousand. But that time's gone by. I made a very nice picture of that man's house, and I wanted to offer it to him for ten francs, but that wouldn't answer, seeing I was the pupil of such a master, so I sold it to him for a hundred. I sent the eight hundred francs straight back to Millet from that town and struck out again next day.

"But I didn't walk — no. I rode. I have ridden ever since.

« "Je suppose que vous reconnaissez *ceci* ? Eh bien, il m'a appris ! Je *pense* bien que je connais mon métier !"

« L'homme parut embarrassé, comme coupable, et resta silencieux. Je dis d'un air chagriné :

« "Vous ne voulez pas dire que vous ne connaissez pas les initiales de François Millet !"

« Bien sûr il ne connaissait pas cette signature, mais il était l'homme le plus reconnaissant qu'on ait vu, en pareille circonstance, d'être tiré d'une position aussi inconfortable de manière si simple. Il dit :

« "Non ! Quoi, *c'est* un Millet, évidemment ! Je ne sais pas à quoi je pensais. Bien sûr, je le reconnais maintenant."

« Ensuite, il voulut l'acheter, mais je lui dis que, bien que je ne fusse pas riche, je n'étais pas pauvre *à ce point*. Cependant, à la fin, je le lui laissai pour huit cents francs.

— Huit cents !

— Oui. Millet l'aurait vendu pour une côte-lette de porc. Oui, j'obtins huit cents francs pour cette petite chose. J'aimerais le récupérer pour huit mille. Mais ce temps est révolu. Je fis un très joli tableau de la maison de l'homme et je voulais le lui offrir pour dix francs, mais cela n'aurait pas marché puisque j'étais l'élève d'un tel maître, alors je le lui vendis pour cent. J'envoyai les huit cents francs directement à Millet et quittai la ville le lendemain.

« Mais je ne marchai pas, non, j'allai à cheval. Depuis je voyage toujours à cheval.

I sold one picture every day, and never tried to
sell two. I always said to my customer :

" 'I am a fool to sell a picture of François
Millet's at all, for that man is not going to live
three months, and when he dies his pictures can't
be had for love or money.'

"I took care to spread that little fact as far as I
could, and prepare the world for the event.

"I take credit to myself for our plan of selling
the pictures — it was mine. I suggested it that
last evening when we were laying out our cam-
paign, and all three of us agreed to give it a good
fair trial before giving it up for some other. It
succeeded with all of us. I walked only two days,
Claude walked two — both of us afraid to make
Millet celebrated too close to home — but Carl
walked only half a day, the bright, conscienceless
rascal, and after that he traveled like a duke.

"Every now and then we got in with a country
editor and started an item around through the
press ; not an item announcing that a new painter
had been discovered, but an item which let on
that everybody knew François Millet ; not an
item praising him in any way, but merely a word
concerning the present condition of the 'master'
— sometimes hopeful, sometimes despondent,
but always tinged with fears for the worst.

Je vendis un tableau par jour et n'essayai jamais
d'en vendre deux. Je disais toujours à mon
client :

« "Je suis un idiot de vendre un tableau de
François Millet, vraiment, car cet homme ne vivra
pas plus de trois mois et quand il sera mort ses
toiles ne pourront plus être obtenues pour de
l'amour ou de l'argent."

« Je pris soin de semer ce petit fait aussi loin
que je le pus et de préparer le monde à cet événement.

« Je m'attribue le mérite du plan qui fut éla-
boré pour vendre les tableaux ; c'était le mien. Je
l'ai suggéré ce dernier soir quand nous dressâmes
notre plan de campagne et tous trois fûmes
d'accord pour l'essayer avant de l'abandonner
pour un autre. Cela fonctionna pour nous tous.
Je marchai seulement deux jours. Claude marcha
deux jours — nous étions tous deux inquiets
de rendre Millet célèbre trop près de chez lui —
mais Carl marcha seulement une demi-journée,
coquin inconscient, et ensuite voyagea comme
un duc.

« De temps en temps, nous rencontrions
un directeur de journal et nous lui donnions un
article pour la presse ; pas un article annonçant
qu'on avait découvert un nouveau peintre, mais
un article qui sous-entendait que tout le monde
connaissait François Millet ; pas un article le louant
de toutes les façons possibles, mais juste un mot
sur l'état de santé présent du "maître", parfois
plein d'espoir, parfois découragé, mais toujours
teinté de craintes pour le pire.

We always marked these paragraphs, and sent the papers to all the people who had brought pictures of us.

"Carl was soon in Paris, and he worked things with a high hand. He made friends with the correspondents, and got Millet's condition reported to England and all over the continent, and America, and everywhere.

"At the end of six weeks from the start, we three met in Paris and called a halt, and stopped sending back to Millet for additional pictures. The boom was so high, and everything so ripe, that we saw that it would be a mistake not to strike now, right away, without waiting any longer. So we wrote Millet to go to bed and begin to waste away pretty fast, for we should like him to die in ten days if he could get ready.

"Then we figured up and found that among us we had sold eighty-five small pictures and studies, and had sixty-nine thousand francs to show for it. Carl had made the last sale and the most brilliant one of all. He sold the 'Angelus' for twenty-two hundred francs. How we did glorify him! — not foreseeing that a day was coming by and by when France would struggle to own it and a stranger would capture it for five hundred and fifty thousand, cash.

Nous soulignions toujours ces paragraphes et nous les envoyions à tous les gens qui nous avaient acheté des tableaux.

« Carl fut rapidement à Paris et il fit les choses de main de maître. Il devint ami avec les correspondants des journaux et obtint qu'on annonce l'état de santé de Millet en Angleterre, sur tout le continent, en Amérique et partout.

« Au bout de six semaines, nous nous sommes retrouvés tous les trois à Paris, avons décrété une pause et arrêté de demander à Millet d'autres tableaux. La publicité était si importante et l'affaire était si mûre que nous vîmes que ce serait une erreur de ne pas frapper maintenant, juste maintenant, sans plus attendre. Aussi avons-nous écrit à Millet de se mettre au lit et de commencer à dépérir très rapidement, car nous aurions aimé qu'il meure en dix jours s'il pouvait être prêt.

« Puis nous avons fait les comptes et trouvé qu'à nous tous nous avions vendu quatre-vingt-cinq petits tableaux et études et gagné soixante-neuf mille francs au total. Carl fit la dernière vente et la plus réussie. Il vendit *L'Angélus* pour trois mille deux cents francs. Comme nous l'avons félicité ! Nous ne pouvions prévoir qu'un jour viendrait bientôt où la France se démènerait pour le posséder et qu'un étranger s'en emparerait pour cinq cent cinquante mille francs en espèces[1].

---

1. *L'Angélus* a été acquis en 1890 par le collectionneur français Alfred Chauchard qui l'a disputé aux amateurs américains. Le tableau, après avoir été exposé au Louvre, est actuellement au musée d'Orsay.

"We had a wind-up champagne supper that night, and next day Claude and I packed up and went off to nurse Millet through his last days and keep busybodies out of the house and send daily bulletins to Carl in Paris for publication in the papers of several continents for the information of a waiting world. The sad end came at last, and Carl was there in time to help in the final mournful rites.

"You remember that great funeral, and what a stir it made all over the globe, and how the illustrious of two worlds came to attend it and testify their sorrow. We four — still inseparable — carried the coffin, and would allow none to help. And we were right about that, because it hadn't anything in it but a wax figure, and any other coffin-bearers would have found fault with the weight. Yes, we same old four, who had lovingly shared privation together in the old hard times now gone forever, carried the cof—"

"Which four?"

"*We* four — for Millet helped to carry his own coffin. In disguise, you know. Disguised as a relative — distant relative."

"Astonishing!"

"But true, just the same. Well, you remember how the pictures went up. Money? We didn't know what to do with it. There's a man in Paris to-day who owns seventy Millet pictures. He paid us two million francs for them.

«Nous avons fait un souper final au champagne cette nuit-là et le lendemain Claude et moi avons fait nos bagages et sommes partis pour soigner Millet durant ses derniers jours, garder les fâcheux hors de la maison et envoyer des bulletins de santé quotidiens à Carl pour les journaux de plusieurs continents afin d'informer le monde qui attendait. La triste fin arriva et Carl fut là à temps pour aider dans les ultimes rites funèbres.

«Vous vous souvenez de ces grandes funérailles et quelle émotion ce fut sur tout le globe, combien de célébrités des deux continents vinrent y assister et témoigner leur chagrin. Nous quatre, toujours inséparables, nous portâmes le cercueil et n'autorisâmes personne à nous aider. Et nous avions raison, car il n'y avait rien dedans si ce n'est un mannequin de cire, n'importe quelle autre personne portant le cercueil aurait trouvé une erreur quant au poids. Oui, nous **quatre** vieux amis, qui avions adoré partager **les** privations dans les temps difficiles mainte**nant à** jamais révolus, avons porté le cer…

— Comment ça quatre ?

— *Nous* quatre, car Millet a aidé à porter son propre cercueil. Déguisé, vous savez. Déguisé comme un parent, un parent éloigné.

— Étonnant !

— Mais vrai, juste ainsi. Eh bien, vous vous souvenez de combien la valeur des tableaux a grimpé. L'argent ? Nous ne savions plus qu'en faire. Il y a un homme à Paris aujourd'hui qui possède soixante-dix tableaux de Millet. Il nous a payé deux millions de francs.

And as for the bushels of sketches and studies which Millet shoveled out during the six weeks that we were on the road, well, it would astonish you to know the figure we sell them at nowadays — that is, when we consent to let one go!"

"It is a wonderful history, perfectly wonderful!"

"Yes — it amounts to that."

"Whatever became of Millet?"

"Can you keep a secret?"

"I can."

"Do you remember the man I called your attention to in the dining-room to-day? *That was François Millet.*"

"Great —"

"Scott! Yes. For once they didn't starve a genius to death and then put into other pockets the rewards he should have had himself. *This* song-bird was not allowed to pipe out its heart unheard and then be paid with the cold pomp of a big funeral. We looked out for that."

(1893)

1. Jean-François Millet est né en 1814 dans le Cotentin. Ses premières œuvres datent de 1840. Vers 1846, il abandonne les sujets allégoriques pour peindre l'homme à la campagne. Il rejoint l'école de Barbizon et, en 1850, connaît le succès

Et quant aux boisseaux d'esquisses et d'études que Millet a produits à la pelle pendant les six semaines où nous voyagions, eh bien, cela vous étonnera de savoir à quel prix nous les vendons aujourd'hui — c'est-à-dire, quand nous consentons à en laisser partir une !

— C'est une histoire merveilleuse, parfaitement merveilleuse !

— Oui… cela revient à ça.

— Qu'est devenu Millet ?

— Pouvez-vous garder un secret ?

— Je peux.

— Vous souvenez-vous de l'homme sur lequel j'ai attiré votre attention dans la salle à manger aujourd'hui ? *C'était François Millet*[1].

— Grand…

— Dieu ! oui. Pour une fois on n'a pas affamé un génie à mort puis mis dans d'autres poches la récompense qu'il aurait dû percevoir. On n'a pas permis à *cet* oiseau chanteur de siffler de tout son cœur sans être entendu et ensuite de se voir payé avec le faste glacé d'un grand enterrement. Nous y avons veillé. »

(1893)

---

avec *Le Semeur*. Il meurt en 1875. Outre ses peintures, il a exécuté d'admirables dessins au crayon gras, qui se vendaient très bien aux amateurs de passage à Barbizon, et d'innombrables croquis.

# How to Tell a Story

The humorous story
an American Development.
— Its difference from comic
and witty stories.

I do not claim that I can tell a story as it ought to be told. I only claim to know how a story ought to be told, for I have been almost daily in the company of the most expert story-tellers for many years.

There are several kinds of stories, but only one difficult kind — the humorous. I will talk mainly about that one. The humorous story is American, the comic story is English, the witty story is French. The humorous story depends for its effect upon the *manner* of the telling; the comic story and the witty story upon the *matter*.

The humorous story may be spun out to great length, and may wander around as much as it pleases, and arrive nowhere in particular; but the comic and witty stories must be brief and end with a point.

# Comment raconter une histoire[1]

L'histoire humoristique,
une évolution américaine.
Sa différence avec les histoires
comique et spirituelle.

Je ne prétends pas pouvoir raconter une histoire comme elle doit l'être. Je prétends seulement savoir comment une histoire doit être racontée, car j'ai été pendant des années presque quotidiennement en compagnie des conteurs les plus experts.

Il y a plusieurs sortes d'histoires, mais une seule est difficile : l'humoristique. Je parlerai principalement de celle-ci. L'histoire humoristique est américaine, l'histoire comique est anglaise, l'histoire spirituelle est française. L'histoire humoristique dépend de la *forme* dans laquelle elle est racontée ; l'histoire comique et l'histoire spirituelle, du *fond*.

L'histoire humoristique peut être filée pendant un long moment, vagabonder comme bon lui semble et n'arriver nulle part en particulier ; mais les histoires comique et spirituelle doivent être brèves et finir par une pointe.

1. Cette nouvelle est extraite de *The $ 30 000 Bequest*.

The humorous story bubbles gently along, the others burst.

The humorous story is strictly a work of art — high and delicate art — and only an artist can tell it; but no art is necessary in telling the comic and the witty story; anybody can do it. The art of telling a humorous story — understand, I mean by word of mouth, not print — was created in America, and has remained at home.

The humorous story is told gravely; the teller does his best to conceal the fact that he even dimly suspects that there is anything funny about it; but the teller of the comic story tells you beforehand that it is one of the funniest things he has ever heard, then tells it with eager delight, and is the first person to laugh when he gets through. And sometimes, if he has had good success, he is so glad and happy that he will repeat the "nub" of it and glance around from face to face, collecting applause, and then repeat it again. It is a pathetic thing to see.

Very often, of course, the rambling and disjointed humorous story finishes with a nub, point, snapper, or whatever you like to call it. Then the listener must be alert, for in many cases the teller will divert attention from that nub by dropping it in a carefully casual and indifferent way, with the pretense that he does not know it is a nub.

L'histoire humoristique pétille doucement, les autres éclatent.

L'histoire humoristique est strictement une œuvre d'art, un art fin et délicat, et seul un artiste peut la raconter ; mais aucun art n'est nécessaire pour raconter les histoires comique et spirituelle, n'importe qui le peut. L'art de raconter une histoire humoristique — comprenez bien, je veux dire raconter de vive voix, pas par écrit — a été créé en Amérique et y est resté.

L'histoire humoristique se raconte gravement ; le conteur fait de son mieux pour dissimuler le fait, qu'il soupçonne à peine, qu'il y a quelque chose de drôle ; mais le conteur de l'histoire comique vous dit d'abord que c'est la chose la plus drôle qu'il ait jamais entendue, puis il raconte avec un plaisir empressé et est le premier à rire quand il arrive à la fin. Quelquefois, s'il a du succès, il est si content et si joyeux qu'il en répète la « chute » et regarde chaque visage, en récoltant les applaudissements, puis la répète encore. C'est pathétique à voir.

Très souvent, bien sûr, les histoires humoristiques vagabondes et désordonnées finissent par une saillie, une pointe, un coup de patte, ou comme vous voudrez le nommer. Alors l'interlocuteur doit être averti, car dans bien des cas le conteur détournera son attention de cette saillie en la laissant soigneusement tomber de manière fortuite et indifférente, en prétendant ne pas savoir que c'est une saillie.

Artemus Ward used that trick a good deal; then when the belated audience presently caught the joke he would look up with innocent surprise, as if wondering what they had found to laugh at. Dan Setchell used it before him, Nye and Riley and others use it to-day.

But the teller of the comic story does not slur the nub; he shouts it at you — every time. And when he prints it, in England, France, Germany, and Italy, he italicizes it, puts some whooping exclamation-points after it, and sometimes explains it in a parenthesis. All of which is very depressing, and makes one want to renounce joking and lead a better life.

Let me set down an instance of the comic method, using an anecdote which has been popular all over the world for twelve or fifteen hundred years. The teller tells it in this way :

## THE WOUNDED SOLDIER

In the course of a certain battle a soldier whose leg had been shot off appealed to another soldier who was hurrying by to carry him to the rear, informing him at the same time of the loss which he had sustained; whereupon the generous son of Mars, shouldering the unfortunate, proceeded to carry out his desire.

Artemus Ward[1] utilisait ce tour à bon escient ; quand l'auditoire étonné comprenait la plaisanterie, il regardait en l'air avec une surprise innocente, comme s'il se demandait ce qui les faisait rire. Dan Setchell en usa avant lui, Nye, Riley et d'autres en usent aujourd'hui.

Mais le conteur d'une histoire comique ne passe pas sous silence la saillie, il vous la crie, chaque fois. Et quand il l'imprime, en Angleterre, en France, en Allemagne et en Italie, il la met en italiques, y ajoute des points d'exclamation et parfois l'explique entre parenthèses. Tout cela est très humiliant et peut conduire quelqu'un à renoncer à la plaisanterie et à mener une vie meilleure.

Laissez-moi donner un exemple de la méthode comique à l'aide d'une anecdote qui est populaire de par le monde depuis douze ou quinze cents ans. Le conteur la raconte ainsi :

## LE SOLDAT BLESSÉ

Au cours d'une certaine bataille, un soldat dont la jambe avait été emportée supplia un autre soldat qui passait de l'emmener loin du front, l'informant en même temps de la perte qu'il avait subie ; là-dessus, le généreux fils de Mars[2], portant l'infortuné sur ses épaules, accomplit son désir.

---

1. Artemus Ward (1834-1867), humoriste populaire.
2. Mars, dieu romain de la Guerre.

The bullets and cannon-balls were flying in all directions, and presently one of the latter took the wounded man's head off — without, however, his deliverer being aware of it. In no long time he was hailed by an officer, who said :

"Where are you going with that carcass?"

"To the rear, sir — he's lost his leg!"

"His leg, forsooth?" responded the astonished officer; "you mean his head, you booby."

Whereupon the soldier dispossessed himself of his burden, and stood looking down upon it in great perplexity. At length he said :

"It is true, sir, just as you have said." Then after a pause he added, "*But he* TOLD *me* IT WAS HIS LEG!!!!!"

Here the narrator bursts into explosion after explosion of thunderous horse-laughter, repeating that nub from time to time through his gaspings and shriekings and suffocatings.

It takes only a minute and a half to tell that in its comic-story form; and isn't worth the telling, after all. Put into the humorous-story form it takes ten minutes, and is about the funniest thing I have ever listened to — as James Whitcomb Riley tells it.

He tells it in the character of a dull-witted old farmer who has just heard it for the first time, thinks it is unspeakably funny, and is trying to repeat it to a neighbor. But he can't remember it; so he gets all mixed up and wanders helplessly round and round,

Les balles et les boulets de canon pleuvaient dans toutes les directions, et bientôt un de ces derniers emporta la tête de l'homme blessé, sans que, cependant, son porteur s'en soit rendu compte. Peu de temps après, il fut hélé par un officier qui dit :

« Où allez-vous avec ce cadavre ?

— À l'arrière, monsieur, il a perdu sa jambe !

— Sa jambe, vraiment ? répondit l'officier, surpris. Vous voulez dire sa tête, nigaud. »

Alors le soldat posa son fardeau et le contempla avec une grande perplexité. Enfin il dit :

« C'est vrai, monsieur, c'est comme vous le disiez. » Puis, après une pause, il ajouta : « Mais il m'avait DIT que C'ÉTAIT SA JAMBE ! ! ! ! ! »

Ici le conteur éclate en explosions tonitruantes d'un rire de cheval, répétant cette saillie encore et encore, au milieu de ses étouffements, cris et suffocations.

Il faut seulement une minute et demie pour raconter cela sous forme d'histoire comique, cela ne vaut pas le coup, après tout. Faites-en une histoire humoristique, cela prendra dix minutes et c'est une des choses les plus drôles que j'aie jamais entendues — quand c'est James Whitcomb Riley qui la raconte.

Il la met dans la bouche d'un vieux fermier borné qui vient juste de l'entendre pour la première fois, qui la trouve indiciblement drôle et qui essaie de la répéter à son voisin. Mais il n'arrive pas à s'en souvenir, aussi s'emmêle-t-il et tourne-t-il désespérément en rond ;

putting in tedious details that don't belong in the
tale and only retard it; taking them out conscien-
tiously and putting in others that are just as use-
less; making minor mistakes now and then and
stopping to correct them and explain how he
came to make them; remembering things which
he forgot to put in in their proper place and going
back to put them in there; stopping his narrative
a good while in order to try to recall the name of
the soldier that was hurt, and finally remembering that the soldier's name was not mention-
ed, and remarking placidly that the name is of no
real importance, anyway — better, of course, if
one knew it, but not essential, after all — and so
on, and so on, and so on.

The teller is innocent and happy and pleased
with himself, and has to stop every little while to
hold himself in and keep from laughing outright;
and does hold in, but his body quakes in a jelly-
like way with interior chuckles; and at the end of
the ten minutes the audience have laughed until
they are exhausted, and the tears are running
down their faces.

The simplicity and innocence and sincerity
and unconsciousness of the old farmer are perfectly simulated, and the result is a performance
which is thoroughly charming and delicious. This
is art — and fine and beautiful, and only a master can compass it; but a machine could tell the
other story.

il donne des détails qui n'appartiennent pas à l'histoire et ne font que la retarder, les retire et les remplace par d'autres, tout aussi inutiles, fait de temps en temps des erreurs mineures et s'arrête pour les corriger et expliquer pourquoi il les a commises, se souvient de choses qu'il a oublié de mettre à la bonne place et revient en arrière pour les y mettre, interrompt son récit un bon moment pour tenter de se rappeler le nom du soldat blessé, se rappelle finalement que le nom n'était pas mentionné et fait remarquer calmement que le nom n'a pas vraiment d'importance, de toute façon... ce serait mieux, bien sûr, si on le connaissait, mais ce n'est pas essentiel, après tout... et ainsi de suite, ainsi de suite, ainsi de suite.

Le conteur est innocent, satisfait et content de lui, et doit s'arrêter à chaque instant pour se contenir et s'empêcher de rire franchement; il se contient, mais son corps est agité comme de la gelée par des soubresauts intérieurs; et, au bout de dix minutes, l'auditoire doit rire à en être épuisé, avec des larmes qui ruissellent sur les visages.

La simplicité, l'innocence, la sincérité et l'inconscience du vieux fermier sont parfaitement simulées et le résultat est un spectacle réellement charmant et délicieux. C'est un art, fin et superbe, dont seul un maître peut venir à bout; une machine pourrait raconter l'autre histoire.

To string incongruities and absurdities together in a wandering and sometimes purposeless
way, and seem innocently unaware that they are
absurdities, is the basis of the American art, if my
position is correct. Another feature is the slurring
of the point. A third is the dropping of a studied
remark apparently without knowing it, as if one
were thinking aloud. The fourth and last is the
pause.

Artemus Ward dealt in numbers three and four
a good deal. He would begin to tell with great
animation something which he seemed to think
was wonderful; then lose confidence, and after
an apparently absent-minded pause add an in-
congruous remark in a soliloquizing way; and
that was the remark intended to explode the
mine — and it did.

For instance, he would say eagerly, excitedly,
"I once knew a man in New Zealand who hadn't
a tooth in his head" — here his animation would
die out; a silent, reflective pause would follow,
then he would say dreamily, and as if to himself,
"and yet that man could beat a drum better than
any man I ever saw."

The pause is an exceedingly important feature
in any kind of story, and a frequently recurring
feature, too. It is a dainty thing, and delicate, and
also uncertain and treacherous; for it must be
exactly the right length — no more and no less —
or it fails of its purpose and makes trouble.

Lier les incongruités et les absurdités ensemble d'une manière désordonnée et parfois sans conclusion, et paraître innocemment ne pas savoir que ce sont des absurdités, c'est la base de l'art américain, si mon point de vue est juste. Un autre trait consiste à dissimuler la pointe. Un troisième est de laisser tomber une remarque étudiée mine de rien, comme si on pensait tout haut. Le quatrième et dernier est la pause.

Artemus Ward maniait les numéros trois et quatre avec aisance. Il commençait à raconter avec beaucoup d'entrain quelque chose qu'il semblait trouver merveilleux, puis perdait confiance, et après une pause d'apparente inconscience ajoutait une remarque incongrue sous forme de soliloque ; c'était la remarque destinée à faire exploser la mine. Et elle explosait.

Par exemple, il disait fougueusement, avec excitation : « J'ai rencontré une fois un homme de Nouvelle-Zélande qui n'avait pas une dent dans la bouche. » Là son entrain retombait ; un silence, une pause pour réfléchir suivait, puis il disait rêveusement, comme pour lui-même : « Et pourtant cet homme pouvait battre du tambour mieux que personne. »

La pause est un trait extrêmement important dans tous les genres d'histoires, et c'est un trait récurrent également. C'est un procédé difficile, délicat, et même incertain et traître, car il doit être utilisé exactement au bon moment, ni plus ni moins, sinon il rate son but et devient un embarras.

If the pause is too short the impressive point is passed, and the audience have had time to divine that a surprise is intended — and then you can't surprise them, of course.

On the platform I used to tell a negro ghost story that had a pause in front of the snapper on the end, and that pause was the most important thing in the whole story. If I got it the right length precisely, I could spring the finishing ejaculation with effect enough to make some impressible girl deliver a startled little yelp and jump out of her seat — and that was what I was after. This story was called "The Golden Arm," and was told in this fashion. You can practise with it yourself — and mind you look out for the pause and get it right.

## THE GOLDEN ARM

Once 'pon a time dey wuz a monsus mean man, en he live 'way out in de prairie all 'lone by hisself, 'cep'n he had a wife. En bimeby she died, en he tuck en toted her way out dah in de prairie en buried her. Well, she had a golden arm — all solid gold, fum de shoulder down. He wiz pow' ful mean — pow'ful; en dat night he couldn't sleep, caze he want dat golden arm so bad.

When it come midnight he couldn't stan' it no mo'; so he git up,  he did, en tuck his lantern en shoved out thoo de storm en dug her up en got de golden arm;

Si la pause est trop courte la saillie passe inaper-
çue, l'auditoire a eu le temps de deviner qu'une
surprise est ménagée, et vous ne pouvez plus le
surprendre, bien sûr.

Sur l'estrade[1], j'avais pour habitude de raconter une histoire noire de fantôme où il y avait
une pause avant le coup de patte final, et cette
pause était la chose la plus importante de toute
l'histoire. Si je la faisais précisément au bon
moment, je pouvais envoyer la sortie finale avec
suffisamment d'effet pour obliger une fille im-
pressionnable à jeter un petit jappement et à
bondir de son siège — c'était ce que je voulais.
Cette histoire s'appelait *Le Bras d'or* et se racontait
ainsi. Vous pouvez vous y essayer... Faites attention à la pause et placez-la bien.

## LE BRAS D'OR

L'était une fois un type, j'veux dire un homme,
et il vivait tout seul dans la prairie, sauf qu'il avait
une femme. Un jour elle est morte, alors l'a prise
et l'a portée dans la prairie et l'a enterrée. Eh
bien, elle avait un bras d'or, tout en bon or, de
l'épaule jusqu'en bas. C'était un type pauvre,
pauvre ; et c'tte nuit-là, il n'a pas pu dormir, pass'
qu'il voulait vraiment le bras d'or.

À minuit il en pouvait plus, alors il s'est levé, a
pris sa lanterne et il est sorti dans l'orage, l'a
déterrée et a pris le bras d'or ;

---

1. Mark Twain a donné de nombreuses conférences à travers le monde.

en he bent his head down 'gin de win', en plowed
en plowed en plowed thoo de snow. Den all on a
sudden he stop (make a considerable pause here,
and look startled, and take a listening attitude) en
say : "My *lan'*, what's dat?"

En he listen — en listen — en de win' say (set
your teeth together and imitate the wailing and
wheezing singsong of the wind), "Buzzz-z-zzz"
— en den, way back yonder whah de grave is, he
hear a *voice*! — he hear a voice all mix' up in de
win' — can't hardly tell 'em 'part — "Buzz—
zzz—W-h-o—g-o-t—m-y—g-o-l-d-e-n *arm*?" (You
must begin to shiver violently now.)

En he begin to shiver en shake, en say, "Oh,
my! *Oh*, my lan'!" en de win' blow de lantern
out, en de snow en sleet blow in his face en most'
choke him, en he start a-plowin' knee-deep
towards home mos' dead, he so sk'yerd — en
pooty soon he hear de voice agin, en (pause) it
'us comin *after* him! "Bzzz—zzz—zzz—W-h-o—
g-o-t—m-y—g-o-l-d-e-n—*arm*?"

When he git to de pasture he hear it again
— closter now, en a-*comin'*! — a-comin' back
dah in de dark en de storm — (repeat the wind
and the voice). When he git to de house he rush
up-stairs en jump in de bed en kiver up, head and
years, en lay dah shiverin' en shakin' — en den
way out dah he hear it *agin*! — en a-*comin'*! En
bimeby he hear (pause — awed, listening attitude) — pat — pat — pat — *hit's a-comin' up-
stairs!* Den he hear de latch, en he *know* it's in de
room!

il a baissé la tête pour s'protéger du vent et s'est enfoncé, enfoncé et enfoncé dans la neige. Tout à coup, il s'arrête (ici, faites une longue pause et prenez l'air étonné puis attentif) et dit : « Par ma *lant'rne*, qu'est-ce que c'est que ça ? »

Puis il écoute… écoute… et le vent dit (serrez les dents et imitez les gémissements et les sifflements du vent) : « Buzzz-z-zzz », en retournant là-bas, à la tombe, il entend une *voix* !… Il entend une voix mêlée au vent… il peut à peine les distinguer… « Buzz-zzz — Q-u-i-a-p-r-i-s-m-o-n-*b-r-a-s*-d'o-r ? » (Maintenant, vous devez commencer à trembler violemment.)

Et il commence à trembler dans tous les sens et dit : « Oh ! la la ! *Oh*, ma lant… » et le vent éteint la lanterne, la neige et la grêle lui frappent le visage et l'étouffent, alors il commence à avancer dans la neige, elle lui arrive aux genoux, et il rentre chez lui presque mort, il a si peur, et bientôt il entend *encore* la voix et (pause) elle est *derrière* lui ! « Bzz-zzz-zzz — Q-u-i-a-m-o-n-*b-r-a-s*-d'o-r ? »

Quand il arrive dans la prairie, il l'entend encore, plus proche maintenant, *venant*… venant et s'en allant dans le noir et l'orage… (Répétez le bruit du vent et de la voix.) Quand il arrive à la maison, il se précipite dans l'escalier et saute dans son lit, se cache la tête et les oreilles, et reste allongé à frissonner et trembler… Alors, dehors, il l'entend *encore* !… qui *vient* ! Et bientôt il entend (pause, attitude craintive, attentive) tap… tap… tap… *elle monte les escaliers !* Il entend qu'on soulève le loquet et il sait qu'elle est dans la chambre !

Den pooty soon he know it's a-*stannin' by de bed*! (Pause.) Den — he know it's a-*bendin' down over him* — en he cain't skasely git his breath! Den — den — he seem to feel someth'n' *c-o-l-d*, right down 'most agin his head! (Pause.)

Den de voice say, *right at his year* — "*W-h-o— g-o-t—m-y—g-o-l-d-e-n—arm?*" (You must wail it out very plaintively and accusingly; then you stare steadily and impressively into the face of the farthest-gone auditor — a girl, preferably — and let that awe-inspiring pause begin to build itself in the deep hush. When it has reached exactly the right length, jump suddenly at that girl and yell, "*You've* got it!")

If you've got the *pause* right, she'll fetch a dear little yelp and spring right out of her shoes. But you *must* get the pause right; and you will find it the most troublesome and aggravating and uncertain thing you ever undertook.

(1894)

Bientôt il sait qu'elle est *près du lit*! (Pause.) Alors... il sait qu'elle *se penche vers lui*... et il ne peut plus respirer! Alors... alors... il sent quelque chose de *f-r-o-i-d*, tout près de sa tête! (Pause.)

Et la voix dit juste dans son oreille : « Q-u-i-a-m-o-n-*b-r-a-s*-d'o-r ? » (Vous devez le dire de manière plaintive et accusatrice puis vous regardez fixement et de façon impressionnante le visage le plus éloigné de l'auditoire, de préférence une fille, et laissez cette pause craintive se transformer en un profond silence. Quand elle a duré exactement le temps qu'il faut, sautez soudainement sur cette fille et criez : « C'est *vous* qui l'avez pris ! »)

Si vous faites la bonne *pause*, elle poussera un joli petit aboiement et bondira hors de ses chaussures. Mais vous *devez* faire la bonne pause ; et vous verrez que c'est la chose la plus difficile, la plus exaspérante et la plus incertaine que vous ayez jamais entreprise.

(1894)

*Two Little Tales*

FIRST STORY:
THE MAN WITH A MESSAGE
FOR THE DIRECTOR-GENERAL

Some days ago, in this second month of 1900, a friend made an afternoon call upon me here in London. We are of that age when men who are smoking away their times in chat do not talk quite so much about the pleasantnesses of life as about its exasperations. By and by this friend began to abuse the War Office. It appeared that he had a friend who had been inventing something which could be made very useful to the soldiers in South Africa. It was a light and very cheap and durable boot, which would remain dry in wet weather, and keep its shape and firmness.

# Deux petits contes[1]

## PREMIÈRE HISTOIRE :
## L'HOMME CHARGÉ D'UN MESSAGE
## POUR LE DIRECTEUR GÉNÉRAL

Il y a quelques jours, au début du deuxième mois de 1900, un ami me rendit visite un après-midi, ici, à Londres. Nous appartenons à cette génération d'hommes qui discutent en fumant, non pas tant pour parler des agréments de la vie que de ses aspects exaspérants. Bientôt, cet ami commença à dénigrer le ministère de la Guerre. Il se trouve qu'il avait un ami qui avait inventé quelque chose pouvant être très utile aux soldats en Afrique du Sud[2]. C'était une botte légère, très peu coûteuse et solide, qui restait sèche par temps humide et conservait sa forme et sa fermeté.

1. Ce texte est extrait de *The Man that Corrupted Hadleyburg*.
2. Il s'agit de la guerre des Boers (1899-1902), qui permit à l'Angleterre de prendre le contrôle de l'ensemble de l'Afrique du Sud.

The inventor wanted to get the government's attention called to it, but he was an unknown man and knew the great officials would pay no heed to a message from him.

"This shows that he was an ass — like the rest of us," I said, interrupting, "Go on."

"But why have you said that? The man spoke the truth."

"The man spoke a lie. Go on."

"I will *prove* that he —"

"You can't prove anything of the kind. I am very old and very wise. You must not argue with me : it is irreverent and offensive. Go on."

"Very well. But you will presently see. I am not unknown, yet even *I* was not able to get the man's message to the Director-General of the Shoe-Leather Department."

"This is another lie. Pray go on."

"But I assure you on my honor that I failed."

"Oh, certainly. I knew *that*. You didn't need to tell me."

"Then where is the lie?"

"It is in your intimation that you were *not able* to get the Director-General's immediate attention to the man's message. It is a lie, because you *could* have gotten his immediate attention to it."

L'inventeur voulait attirer l'attention du gouvernement là-dessus, mais il n'était pas connu et il savait que les hauts fonctionnaires ne feraient aucun cas de son message.

« Cela prouve que c'était un âne, comme nous tous, dis-je en l'interrompant. Continuez.

— Mais pourquoi avez-vous dit cela ? Cet homme disait la vérité.

— Cet homme mentait. Continuez.

— Je *prouverai* qu'il…

— Vous ne pouvez rien prouver de tel. Je suis très vieux et très sage[1]. Vous ne devez pas discuter avec moi : c'est irrespectueux et injurieux. Continuez.

— Très bien. Mais vous verrez. Je ne suis pas inconnu, pourtant *je* ne fus pas capable de faire passer le message de cet homme au directeur général du département Cuir à chaussures.

— C'est un autre mensonge. Je vous en prie, continuez.

— Mais je vous donne ma parole d'honneur que j'échouai.

— Oh, certainement. Je savais *cela*. Vous n'aviez pas besoin de me le dire.

— Alors où est le mensonge ?

— Il est dans l'allusion que vous n'avez *pas été capable* d'attirer l'attention immédiate du directeur général sur le message de cet homme. C'est un mensonge, parce que vous *auriez pu* avoir son attention immédiate.

---

1. En 1900, Mark Twain a soixante-cinq ans.

"I tell you I couldn't. In three months I haven't accomplished it."

"Certainly. Of course. I could know that without your telling me. You *could* have gotten his immediate attention if you had gone at it in a sane way; and so could the other man."

"I *did* go at it in a sane way."

"You didn't."

"How do *you* know? What do you know about the circumstances?"

"Nothing at all. But you didn't go at it in a sane way. That much I know to a certainty."

"How can you know it, when you don't know what method I used?"

"I know by the result. The result is perfect proof. You went at it in an insane way. I am very old and very w—"

"Oh, yes, I know. But will you let me tell you *how* I proceeded? I think that will settle whether it was insanity or not."

"No; that has already been settled. But go on, since you so desire to expose yourself. I am very o—"

"Certainly, certainly. I sat down and wrote a courteous letter to the Director-General of the Shoe-Leather Department, explai—"

"Do you know him personally?"

"No."

"You have scored one for my side. You began insanely. Go on."

— Je vous dis que je ne pouvais pas. En trois mois je n'y suis pas arrivé.

— Certainement. Bien sûr. J'aurais pu le savoir sans que vous me le disiez. Vous *auriez pu* avoir son attention immédiate si vous vous y étiez bien pris ; ainsi que l'autre homme.

— Je *m'y suis* bien pris.

— Non.

— Comment le savez-*vous*? Que savez-vous de cet événement ?

— Rien du tout. Mais vous ne vous y êtes pas bien pris. Je sais cela avec certitude.

— Comment pouvez-vous le savoir, si vous ne connaissez pas la méthode que j'ai utilisée ?

— Je connais le résultat. Le résultat est une preuve parfaite. Vous vous y êtes mal pris. Je suis très vieux et très s…

— Oh, oui, je sais. Mais me laisserez-vous vous dire *comment* je m'y suis pris ? Je pense que cela devrait déterminer si c'était ou non le mauvais moyen.

— Non ; cela a déjà été déterminé. Mais, continuez, puisque vous désirez vous dévoiler. Je suis très v…

— Assurément, assurément. Je m'assis et j'écrivis une lettre courtoise au directeur général du département du Cuir à chaussures, pour expli…

— Le connaissez-vous personnellement ?

— Non.

— Vous marquez un point pour moi. Vous avez mal commencé. Continuez.

"In the letter I made the great value and inex-
pensiveness of the invention clear, and offered
to —"

"Call and see him? Of course you did. Score
two against yourself. I am v—"

"He didn't answer for three days."

"Necessarily. Proceed."

"Sent me three gruff lines thanking me for my
trouble, and proposing —"

"Nothing."

"That's it — proposing nothing. Then I wrote
him more elaborately and —"

"Score three —"

— "and got no answer. At the end of a week I
wrote and asked, with some touch of asperity, for
an answer to that letter."

"Four. Go on."

"An answer came back saying the letter had
not been received, and asking for a copy. I traced
the letter through the post-office, and found that
it *had* been received; but I sent a copy and said
nothing. Two weeks passed without further
notice of me. In the mean time I gradually got
myself cooled down to a polite-letter tempera-
ture. Then I wrote and proposed an interview for
next day, and said that if I did not hear from him
in the mean time I should take his silence for
assent."

"Score five."

"I arrived at twelve sharp, and was given a
chair in the anteroom and told to wait. I waited
until half past one; then I left, ashamed and
angry.

— Dans la lettre, je mis en évidence la grande valeur et le coût modeste de l'invention et je proposai de...

— De le rencontrer ? Bien sûr. Le score est de deux contre vous. Je suis t...

— Je suis resté sans réponse pendant trois jours.

— Évidemment. Poursuivez.

— Il m'a envoyé trois lignes bourrues en me remerciant de ma peine et en me proposant...

— Rien.

— C'est ça... en ne me proposant rien. Alors je lui ai écrit plus soigneusement et...

— Le score est de trois...

— ... et je n'ai pas eu de réponse. Au bout d'une semaine, j'ai écrit et j'ai demandé, avec une pointe de sévérité, une réponse à cette lettre.

— Quatre. Continuez.

— Une réponse me parvint, disant que la lettre n'était pas arrivée et demandant une copie. Je trouvai trace de la lettre à la poste et découvris qu'elle *était* bien arrivée ; mais je renvoyai une copie et ne dis rien. Deux semaines passèrent sans rien de nouveau à mon attention. Pendant ce temps, je me calmai peu à peu afin d'écrire une lettre polie. Puis j'écrivis et proposai un entretien pour le lendemain ; je dis que, si je n'avais rien de lui dans l'intervalle, je prendrais son silence pour un assentiment.

— Score à cinq.

— J'arrivai à midi pile et on me donna une chaise dans l'antichambre en me disant d'attendre. J'attendis jusqu'à une heure et demie, puis je partis honteux et furieux.

I waited another week, to cool down; then I wrote and made another appointment with him for next day noon."

"Score six."

"He answered, assenting. I arrived promptly, and kept a chair warm until half past two. I left then, and shook the dust of that place from my shoes for good and all. For rudeness, inefficiency, incapacity, indifference to the army's interests, the Director-General of the Shoe-Leather Department of the War Office is, in my o—"

"Peace! I am very old and very wise, and have seen many seemingly intelligent people who hadn't common sense enough to go at a simple and easy thing like this in a common-sense way. You are not a curiosity to me; I have personally known millions and billions like you. You have lost three months quite unnecessarily; the inventor has lost three months; the soldiers have lost three — nine months altogether. I will now read you a little tale which I wrote last night. Then you will call on the Director-General at noon to-morrow and transact your business."

"Splendid! Do you know him?"

"No; but listen to the tale."

J'attendis encore une semaine, pour me calmer ; puis j'écrivis et lui fixai un autre rendez-vous pour le lendemain à midi.

— Score à six.

— Il répondit en donnant son accord. J'arrivai promptement et gardai ma chaise au chaud jusqu'à deux heures et demie. Je partis alors et je secouai mes chaussures afin d'ôter la poussière de cet endroit pour tout de bon. Par sa grossièreté, son inefficacité, son incapacité, son indifférence aux intérêts de l'armée, le directeur général du département du Cuir à chaussures du ministère de la Guerre est, à mon av…

— Du calme ! Je suis très vieux et très sage, et j'ai vu de nombreuses personnes apparemment intelligentes qui n'ont pas assez de bon sens pour obtenir quelque chose de facile comme ça avec bon sens. Vous ne faites pas figure de curiosité à mes yeux ; j'en ai personnellement connu des millions et des milliards comme vous. Vous avez perdu trois mois tout à fait inutilement ; l'inventeur a perdu trois mois ; les soldats en ont perdu trois… neuf mois en tout. Je vais maintenant vous lire un petit conte que j'ai écrit la nuit dernière. Ensuite vous irez voir le directeur général demain à midi et vous conclurez votre affaire.

— Merveilleux ! Est-ce que vous le connaissez ?

— Non, mais écoutez le conte.

## SECOND STORY:
## HOW THE CHIMNEY-SWEEP
## GOT THE EAR OF THE EMPEROR

I

had

Summer was come, and all the strong were
bowed by the burden of the awful heat, and
many of the weak were prostrate and dying. For
weeks the army had been wasting away with a
plague of dysentery, that scourge of the soldier,
and there was but little help. The doctors were in
despair; such efficacy was their drugs and their
science had once had — and it was not much at
its best — was a thing of the past, and promised
to remain so.

The Emperor commanded the physicians of
greatest renown to appear before him for a consultation, for he was profoundly disturbed. He was
very severe with them, and called them to account
for letting his soldiers die; and asked them if they
knew their trade, or didn't; and were they properly healers, or merely assassins? Then the principal assassin, who was also the oldest doctor in
the land and the most venerable in appearance,
answered and said:

"We have done what we could, your Majesty,
and for a good reason it has been little.

## SECONDE HISTOIRE :
## COMMENT LE RAMONEUR
## GAGNA L'OREILLE DE L'EMPEREUR

### I

L'été était arrivé, tous les hommes forts étaient pliés sous le poids de la terrible chaleur, et beaucoup des faibles étaient prostrés et mouraient. Depuis des semaines l'armée dépérissait sous le fléau de la dysenterie[1] qui fouettait le soldat et contre lequel il n'y a pas grand-chose à faire. Les docteurs étaient au désespoir ; l'efficacité de leurs drogues et de leur science — qui était déjà douteuse — appartenait au passé et était destinée à y rester.

L'empereur exigea que les médecins les plus connus se présentent devant lui pour une consultation, car il était profondément ennuyé. Il fut très dur avec eux et leur demanda des comptes pour avoir laissé ses soldats mourir ; il leur demanda s'ils connaissaient ou non leur métier, et s'ils étaient vraiment des guérisseurs ou simplement des assassins. Alors l'assassin principal, qui était aussi le plus ancien docteur du pays et apparemment le plus vénérable, répondit et dit :

« Nous avons fait ce que nous pouvions, Votre Majesté, et pour une bonne raison ce fut peu.

---

1. La dysenterie est une infection intestinale souvent causée par une eau polluée ou des aliments souillés.

No medicine and no physician can cure that disease; only nature and a good constitution can do it. I am old, and I know. No doctor and no medicine can cure it — I repeat it and I emphasize it. Sometimes they seem to help nature a little — a very little — but as a rule, they merely do damage."

The Emperor was a profane and passionate man, and he deluged the doctors with rugged and unfamiliar names, and drove them from his presence.

Within a day he was attacked by that fell disease himself. The news flew from mouth to mouth, and carried consternation with it over all the land.

All the talk was about this awful disaster, and there was general depression, for few had hope. The Emperor himself was very melancholy, and sighed and said :

"The will of God be done. Send for the assassins again, and let us get over with it."

They came, and felt his pulse and looked at his tongue, and fetched the drug-store and emptied it into him, and sat down patiently to wait — for they were not paid by the job, but by the year.

II

Tommy was sixteen and a bright lad, but he was not in society.

Aucun remède, aucun médecin ne peut guérir ce mal ; seules le peuvent la nature et une bonne constitution. Je suis vieux et je sais. Aucun docteur, aucun remède ne peut le guérir, je le répète et le souligne. Quelquefois ils peuvent aider un petit peu la nature… un tout petit peu… Mais, en règle générale, ils nuisent simplement. »

L'empereur était un homme impie et irascible ; il accabla les docteurs de noms grossiers et rares et les renvoya.

En moins d'une journée il fut lui-même atteint par cette cruelle maladie. La nouvelle vola de bouche en bouche et répandit la consternation dans tout le pays.

Toutes les conversations portaient sur ce terrible désastre et c'était le désarroi général, car bien peu gardaient espoir. L'empereur lui-même était très abattu, il soupirait et disait :

« Que la volonté de Dieu soit faite. Envoyez à nouveau les assassins et finissons-en. »

Ils vinrent, tâtèrent son pouls, regardèrent sa langue, allèrent chercher leur pharmacie et la lui firent avaler, puis s'assirent patiemment et attendirent… car ils n'étaient pas payés à la consultation, mais à l'année.


II


Tommy avait seize ans et était un garçon brillant, mais il n'appartenait pas à la bonne société.

His rank was too humble for that, and his employment too base. In fact, it was the lowest of all employments, for he was second in command to his father, who emptied cesspools and drove a night-cart. Tommy's closest friend was Jimmy the chimney-sweep, a slim little fellow of four-teen, who was honest and industrious, and had a good heart, and supported a bedridden mother by his dangerous and unpleasant trade.

About a month after the Emperor fell ill, these two lads met one evening about nine. Tommy was on his way to his nightwork, and of course was not in his Sundays, but in his dreadful work-clothes, and not smelling very well. Jimmy was on his way home from his day's labor, and was blacker than any other object imaginable, and he had his brushes on his shoulder and his soot-bag at his waist, and no feature of his sable face was distinguishable except his lively eyes.

They sat down on the curbstone to talk; and of course it was upon the one subject — the nation's calamity, the Emperor's disorder. Jimmy was full of a great project, and burning to unfold it. He said :

"Tommy, I can cure his Majesty. I know how to do it."

Tommy was surprised.

"What! You?"

"Yes, I."

"Why, you little fool, the best doctors can't."

Il était d'un rang trop humble pour cela et son emploi était trop dégradant. En fait, c'était le plus minable de tous les emplois, car il secondait son père qui vidait les fosses d'aisance et conduisait une charrette pour ramasser les ordures la nuit. Le meilleur ami de Tommy était Jimmy, le ramoneur, un frêle garçonnet de quatorze ans, honnête et travailleur, au bon cœur, qui soutenait une mère alitée grâce à son travail dangereux et déplaisant.

Un mois après que l'empereur fut tombé malade, ces deux garçons se rencontrèrent un soir vers neuf heures. Tommy était en chemin pour se rendre à son emploi nocturne et, bien sûr, il n'était pas endimanché, mais habillé de ses épouvantables vêtements de travail et il ne sentait pas très bon. Jimmy rentrait chez lui après sa journée de labeur et était plus noir que tout ce qu'on peut imaginer; il avait ses brosses sur les épaules, son sac de suie à la ceinture et on ne distinguait aucun trait de son visage excepté ses yeux vifs.

Ils s'assirent sur une borne pour discuter, bien sûr à propos du seul sujet du moment : la catastrophe nationale, la maladie de l'empereur. Jimmy était animé d'un grand projet et brûlait de l'exposer. Il dit :

«Tommy, je peux guérir Sa Majesté Je sais comment faire. »

Tommy fut surpris.

«Quoi? Toi?

— Oui, moi.

— Toi, jeune idiot, alors que les meilleurs docteurs n'y arrivent pas.

"I don't care : I can do it. I can cure him in fifteen minutes."

"Oh, come off! What are you giving me?"

"The facts — that's all."

Jimmy's manner was so serious that it sobered Tommy, who said :

"I believe you are in earnest, Jimmy. Are you in earnest?"

"I give you my word."

"What is the plan? How'll you cure him?"

"Tell him to eat a slice of ripe watermelon."

It caught Tommy rather suddenly, and he was shouting with laughter at the absurdity of the idea before he could put on a stopper. But he sobered down when he saw that Jimmy was wounded. He patted Jimmy's knee affectionately, not minding the soot, and said :

"I take the laugh all back. I didn't mean any harm, Jimmy, and I won't do it again. You see, it seemed so funny, because wherever there's a soldier-camp and dysentery, the doctors always put up a sign saying anybody caught bringing watermelons there will be flogged with the cat till he can't stand."

"I know it — the idiots!" said Jimmy, with both tears and anger in his voice. "There's plenty of watermelons, and not one of all those soldiers ought to have died."

"But, Jimmy, what put the notion into your head?"

"It isn't a notion; it's a fact. Do you know that old grayheaded Zulu?

— Peu m'importe : je peux le faire. Je peux le guérir en quinze minutes.

— Oh, allez ! Qu'est-ce que tu me racontes ?

— Les faits… c'est tout. »

L'air de Jimmy était si sérieux que cela calma Tommy, qui dit :

« Je crois que tu es sérieux, Jimmy. Es-tu sérieux ?

— Je t'en donne ma parole.

— Quel est le plan ? Comment le guériras-tu ?

— Je lui dirai de manger une tranche de pastèque mûre. »

Cela surprit Tommy avec soudaineté et il hurlait de rire à l'absurdité de l'idée avant de pouvoir s'en empêcher. Mais il se calma quand il vit que Jimmy était blessé. Il tapota affectueusement les genoux de Jimmy, malgré la suie, et dit :

« Je regrette d'avoir ri. Je ne voulais pas te blesser, Jimmy, et je ne le ferai plus. Tu vois, cela semblait drôle parce que, partout où il y a un camp de soldats et la dysenterie, les docteurs mettent toujours un panneau disant que quiconque sera attrapé avec des pastèques sera fouetté avec des verges jusqu'à ce qu'il ne puisse plus le supporter.

— Je le sais… ces idiots ! dit Jimmy avec à la fois des larmes et de la colère dans la voix. Il y a plein de pastèques et pas un de ces soldats n'aurait dû mourir.

— Mais, Jimmy, qu'est-ce qui t'a mis cette idée dans la tête ?

— Ce n'est pas une idée ; c'est un fait. Connais-tu ce vieux Zoulou grisonnant ?

Well, this long time back he has been curing a lot
of our friends, and my mother has seen him do it,
and so have I. It takes only one or two slices of
melon, and it don't make any difference whether
the disease is new or old; it cures it."

"It's very odd. But, Jimmy, if it is so, the
Emperor ought to be told of it."

"Of course; and my mother has told people,
hoping they could get the word to him; but they
are poor working-folks and ignorant, and don't
know how to manage it."

"Of course they don't, the blunderheads," said
Tommy, scornfully. "*I'll* get it to him!"

"You? You night-cart polecat!" And it was
Jimmy's turn to laugh. But Tommy retorted stur-
dily:

"Oh, laugh if you like, but I'll *do* it!"

It had such an assured and confident sound
that it made an impression, and Jimmy asked
gravely:

"Do you know the Emperor?"

"Do *I* know him? Why, how you talk! Of
course I don't."

"Then how'll you do it?"

"It's very simple and very easy. Guess. How
would *you* do it, Jimmy?"

"Send him a letter. I never thought of it till this
minute. But I'll bet that's your way."

"I'll bet it ain't. Tell me, how would you send
it?"

"Why, through the mail, of course."

Tommy overwhelmed him with scoffings, and
said:

Eh bien, depuis longtemps, il a guéri plusieurs de nos amis et ma mère l'a vu faire, tout comme moi. Il faut seulement une ou deux tranches de pastèque et qu'importe que la maladie soit ancienne ou récente ; ça la guérit.

— C'est très étrange. Mais, Jimmy, si c'est ainsi, l'empereur doit être mis au courant.

— Bien sûr, et ma mère l'a dit aux gens, dans l'espoir qu'on lui en dirait un mot ; mais ce sont des ouvriers pauvres et ignorants qui ne savent pas comment faire.

— Bien sûr, qu'ils ne savent pas, ces balourds, dit Tommy avec mépris. *J'arriverai* jusqu'à lui !

— Toi ? Un putois d'éboueur nocturne ! » Et ce fut au tour de Jimmy de rire. Mais Tommy rétorqua fermement :

« Oh, ris si tu veux ; mais je le *ferai.* »

C'était dit sur un ton si assuré et si confiant que c'était impressionnant, et Jimmy demanda gravement :

« Connais-tu l'empereur ?

— Si *je* le connais ? Qu'est-ce que tu racontes ? Bien sûr que non.

— Alors comment feras-tu ?

— C'est très simple et très facile. Devine. Comment ferais-*tu*, Jimmy ?

— Je lui enverrais une lettre. Je n'y avais jamais pensé avant cet instant. Mais je parie que ce serait le meilleur moyen.

— Je parie que non. Dis-moi, comment l'enverrais-tu ?

— Eh bien, par la poste, bien sûr. »

Tommy l'accabla de railleries, et dit :

"Now, don't you suppose every crank in the empire is doing the same thing? Do you mean to say you haven't thought of that?"

"Well — no," said Jimmy, abashed.

"You *might* have thought of it, if you weren't so young and inexperienced. Why, Jimmy, when even a common *general*, or a poet, or an actor, or anybody that's a little famous gets sick, all the cranks in the kingdom load up the mails with certain-sure quack cures for him. And so, what's bound to happen when it's the Emperor?"

"I suppose it's worse," said Jimmy, sheepishly.

"Well, I should think so! Look here, Jimmy: every single night we cart off as many as six loads of that kind of letters from the back yard of the palace, where they're thrown. Eighty thousand letters in one night! Do you reckon anybody reads them? Sho! not a single one. It's what would happen to your letter if you wrote it — which you won't, I reckon?"

"No," sighed Jimmy, crushed.

"But it's all right, Jimmy. Don't you fret: there's more than one way to skin a cat. *I'll* get the word to him."

"Oh, if you only *could*, Tommy, I should love you forever!"

"I'll do it, I tell you. Don't you worry; you depend on me."

"Indeed I will, Tommy, for you do know so much. You're not like other boys: they never know anything. How'll you manage, Tommy?"

« Alors, ne crois-tu pas que chaque excentrique de l'empire fait la même chose ? Tu veux dire que tu n'as pas pensé à ça ?

— Eh bien… non, dit Jimmy, déconcerté.

— Tu y *aurais* pensé, si tu n'étais pas si jeune et si inexpérimenté. Eh bien, Jimmy, quand un simple *général*, ou un poète, ou un acteur, ou n'importe qui d'un peu connu tombe malade, tous les originaux du royaume accablent la poste de remèdes de charlatan sûrs et certains. Alors, que ne peut-il manquer d'arriver quand il s'agit de l'empereur ?

— Je suppose que c'est pire, dit Jimmy, timidement.

— Je le pense bien ! Regarde, ici, Jimmy : chaque nuit nous transportons au moins six chargements de lettres depuis la cour arrière du palais, où elles sont jetées. Quatre-vingt mille lettres en une nuit ! Tu crois que quelqu'un les lit ? Bah ! pas une seule. C'est ce qui arriverait à ta lettre si tu l'écrivais… ce que tu ne feras pas, je pense ?

— Non, soupira Jimmy, écrasé.

— C'est bien, Jimmy. Ne te tracasse pas : il y a plus d'une façon d'écorcher un chat. Je lui *ferai* parvenir le mot.

— Oh, si seulement tu pouvais, Tommy, je t'aimerais pour toujours !

— Je le ferai, je te dis. Ne t'inquiète pas : repose-toi sur moi.

— Vraiment, Tommy, car tu sais tant de choses. Tu n'es pas comme les autres garçons : ils ne savent jamais rien. Comment feras-tu, Tommy ? »

Tommy was greatly pleased. He settled himself for reposeful talk, and said :

"Do you know that ragged poor thing that thinks he's a butcher because he goes around with a basket and sells cat's meat and rotten livers? Well, to begin with, I'll tell *him*."

Jimmy was deeply disappointed and chagrined, and said :

"Now, Tommy, it's a shame to talk so. You know my heart's in it, and it's not right."

Tommy gave him a love-pat, and said :

"Don't you be troubled, Jimmy. *I* know what I'm about. Pretty soon you'll see. That half-breed butcher will tell the old woman that sells chestnuts at the corner of the lane — she's his closest friend, and I'll ask him to; then, by request, she'll tell her rich aunt that keeps the little fruit-shop on the corner two blocks above; and that one will tell her particular friend, the man that keeps the game-shop; and he will tell his friend the sergeant of police; and the sergeant will tell his captain, and the captain will tell the magistrate, and the magistrate will tell his brother-in-law the county judge, and the county judge will tell the sheriff, and the sheriff will tell the Lord Mayor, and the Lord Mayor will tell the President of the Council, and the President of the Council will tell the —"

"By George, but it's a wonderful scheme, Tommy! How ever *did* you —"

Tommy était tout à fait ravi. Il s'installa pour une conversation calme et dit :

« Connais-tu ce pauvre type en haillons qui croit qu'il est boucher parce qu'il se promène avec un panier et vend de la viande pour chats et des foies pourris ? Eh bien, pour commencer, je *lui* dirai. »

Jimmy fut très déçu et chagriné ; il dit :

« Eh bien, Tommy, c'est une honte de parler ainsi. Tu sais que mon cœur y tient et ce n'est pas bien. »

Tommy lui donna une tape affectueuse et dit :

« Ne t'inquiète pas, Jimmy. Je sais ce que je fais. Tu verras très vite. Ce boucher métis le dira à la vieille femme qui vend des marrons au coin de la ruelle… elle est sa meilleure amie, et je le lui demanderai ; puis, à ma demande, elle le dira à sa riche tante qui a une petite boutique de fruits au coin, deux immeubles plus loin ; et celle-ci le dira à son ami intime, l'homme qui a le magasin de jouets ; et il le dira à son ami le sergent de police ; et le sergent le dira à son capitaine, le capitaine le dira au magistrat, le magistrat le dira à son beau-frère le juge du comté, le juge du comté le dira au shérif, le shérif le dira au lord maire, le lord maire le dira au président du Conseil, le président du Conseil le dira au…

— Mon Dieu, mais c'est un plan merveilleux, Tommy ! Comment *as*-tu…

"— Rear-Admiral, and the Rear will tell the Vice, and the Vice will tell the Admiral of the Blue, and the Blue will tell the Red, and the Red will tell the White, and the White will tell the First Lord of the Admiralty, and the First Lord will tell the Speaker of the House, and the Speaker — "

"Go it, Tommy; you're 'most there!"

"— will tell the Master of the Hounds, and the Master will tell the Head Groom of the Stables, and the Head Groom will tell the Chief Equerry, and the Chief Equerry will tell the First Lord in Waiting, and the First Lord will tell the Lord High Chamberlain, and the Lord High Chamberlain will tell the Master of the Household, and the Master of the Household will tell the little pet page that fans the flies off the Emperor, and the page will get down on his knees and whisper it to his Majesty — and the game's made!"

"I've *got* to get up and hurrah a couple of times, Tommy. It's the grandest idea that ever was. What ever put it into your head?"

"Sit down and listen, and I'll give you some wisdom — and don't you ever forget it as long as you live. Now, then, who is the closest friend you've got, and the one you couldn't and wouldn't ever refuse anything in the world to?"

"Why, it's you, Tommy. You know that."

"Suppose you wanted to ask a pretty large favor of the cat's-meat man. Well, you don't know him, and he would tell you to go to thunder, for he is that kind of a person;

— … contre-amiral, le contre-amiral le dira au vice-amiral, le vice-amiral le dira à l'amiral des bleus, l'amiral des bleus le dira à celui des rouges, celui des rouges le dira à celui des blancs, celui des blancs le dira au premier maître de l'amirauté, le premier maître le dira au président de la Chambre, le président…

— Continue, Tommy; tu y es presque !

— … le dira au maître d'équipage, le maître d'équipage le dira au premier palefrenier des écuries, le premier palefrenier le dira à l'écuyer-chef, l'écuyer-chef le dira au premier gentil-homme de service, le premier gentilhomme le dira au premier chambellan et le premier cham-bellan le dira à l'intendant, l'intendant le dira au petit page favori qui éloigne les mouches de l'empereur et le page se mettra à genoux et le murmurera à Sa Majesté… et le tour est joué !

— Je dois me lever et crier "Hourra" deux fois, Tommy. C'est la plus grande idée qu'on ait jamais eue. Qu'est-ce qui te l'a mise dans la tête ?

— Assieds-toi et écoute, je te donnerai la sagesse… et ne l'oublie jamais tant que tu vivras. Bien, alors, qui est l'ami le plus proche que tu aies et celui à qui tu ne pourrais ni ne voudrais refuser quoi que ce soit au monde ?

— Eh bien, c'est toi, Tommy. Tu le sais.

— Supposons que tu veuilles demander une très grande faveur à l'homme à la viande pour chats. Eh bien, tu ne le connais pas et il t'enverrait au diable, car c'est son genre ;

but he is my next best friend after you, and
would run his legs off to do me a kindness — *any*
kindness, he don't care what it is. Now, I'll ask
you : which is the most common-sensible — for
you to go and ask him to tell the chestnut-woman
about your watermelon cure, or for you to get me
to do it for you?"

"To get you to do it for me, of course. I
wouldn't ever have thought of that, Tommy; it's
splendid!"

"It's a *philosophy*, you see. Mighty good word
— and large. It goes on this idea : everybody in
the world, little and big, has one *special* friend, a
friend that he's *glad* to do favors to — not sour
about it, but *glad* — glad clear to the marrow.
And so, I don't care where you start, you can get
at anybody's ear that you want to — I don't care
how low you are, nor how high he is. And it's so
simple : you've only to find the *first* friend, that is
all; that ends your part of the work. He finds the
next friend himself, and that one finds the third,
and so on, friend after friend, link after link, like
a chain; and you can go up it or down it, as high
as you like or as low as you like."

"It's just beautiful, Tommy."

"It's as simple and easy as a-b-c; but did you
ever hear of anybody trying it? No; everybody is
a fool. He goes to a stranger without any introduction, or writes him a letter, and of course he
strikes a cold wave — and serves him gorgeously
right.

mais il est mon meilleur ami après toi et se met-
trait en quatre pour me rendre un service… *N'importe* quel service, il s'en moque. Alors, je te
demande : qu'est-ce qui est le plus sensé : aller
lui demander de parler à la femme aux marrons
de ton remède à base de pastèque, ou me demander de le faire pour toi ?

— Te demander de le faire pour moi, bien
sûr. Je n'y aurais pas pensé, Tommy ; c'est splendide !

— C'est une *philosophie*, vois-tu. Rudement
bon mot… et grand. Il y va de cette idée : chacun
dans le monde, grand et petit, a un ami *particulier*, un ami à qui il est *content* de rendre service,
pas amer, mais *content*, content jusqu'à la moelle.
Ainsi, peu importe où tu commences, tu peux
atteindre l'oreille de n'importe qui, peu importe
que tu sois en bas et qu'il soit en haut. C'est si
simple : tu dois seulement trouver le *premier* ami,
c'est tout ; ainsi s'achève ta part du boulot. Il
trouve le prochain ami, et celui-là trouve le troisième, et ainsi de suite, maillon après maillon,
comme une chaîne ; et tu peux la remonter ou la
redescendre, aussi haut ou aussi bas que tu le
désires.

— C'est tout simplement magnifique, Tommy.

— C'est aussi simple et facile que A, B, C ;
mais as-tu jamais entendu parler de quelqu'un
qui l'ait essayé ? Non ; tout le monde est idiot. On
s'adresse à un étranger sans être introduit, ou on
lui écrit une lettre, et bien sûr on reçoit une
douche froide. Et c'est vraiment bien fait.

Now, the Emperor don't know me, but that's no matter — he'll eat his watermelon to-morrow. You'll see. Hi-hi — stop! It's the cat's-meat man. Good-by, Jimmy; I'll overtake him."

He did overtake him, and said :

"Say, will you do me a favor?"

"*Will* I? Well, I should *say*! I'm your man. Name it, and see me fly!"

"Go tell the chestnut-woman to put down everything and carry this message to her first-best friend, and tell the friend to pass it along." He worded the message, and said, "Now, then, rush!"

The next moment the chimney-sweep's word to the Emperor was on its way.

### III

The next evening, toward midnight, the doctors sat whispering together in the imperial sick-room and they were in deep trouble, for the Emperor was in very bad case. They could not hide it from themselves that every time they emptied a fresh drugstore into him he got worse. It saddened them, for they were expecting that result. The poor emaciated Emperor lay motionless, with his eyes closed, and the page that was his darling was fanning the flies away and crying softly.

Eh bien, l'empereur ne me connaît pas, mais ça n'a pas d'importance… il mangera sa pastèque demain. Tu verras. Ha ha !… Stop ! Voici l'homme à la viande pour chats. Au revoir, Jimmy ; je vais le rejoindre. »

Il le rejoint et dit :

« Dis, me rendrais-tu un service ?

— Te rendre un service ? Eh bien, quelle question ! Je suis ton homme. Dis-moi et tu me verras voler !

— Va dire à la femme aux marrons de tout laisser tomber et de porter le message suivant à son meilleur ami, et que son meilleur ami le fasse passer. » Il formula le message et dit : « Maintenant, alors, file ! »

Un moment après le message du ramoneur était en route vers l'empereur.

### III

Le soir suivant, autour de minuit, les docteurs étaient assis à chuchoter entre eux dans la chambre du malade impérial et ils étaient profondément ennuyés car l'empereur était en très mauvaise santé. Ils ne pouvaient pas se cacher que, chaque fois qu'ils lui faisaient boire une nouvelle drogue, son état empirait. Cela les attristait car ils espéraient un résultat. Le pauvre empereur émacié gisait sans bouger, les yeux fermés, et son page favori chassait les mouches de son éventail et pleurait doucement.

Presently the boy heard the silken rustle of a por-
tière, and turned and saw the Lord High Great
Master of the Household peering in at the door
and excitedly motioning to him to come. Lightly
and swiftly the page tiptoed his way to his dear
and worshiped friend the Master, who said :

"Only you can persuade him, my child, and
oh, don't fail to do it! Take this, make him eat it,
and he is saved."

"On my head be it. He shall eat it!"

It was a couple of great slices of ruddy, fresh
watermelon.

The next morning the news flew everywhere
that the Emperor was sound and well again, and
had hanged the doctors. A wave of joy swept the
land, and frantic preparations were made to illu-
minate.

After breakfast his Majesty sat meditating. His
gratitude was unspeakable, and he was trying to
devise a reward rich enough to properly testify it
to his benefactor. He got it arranged in his mind,
and called the page, and asked him if he had
invented that cure. The boy said no — he got it
from the Master of the Household.

He was sent away, and the Emperor went to
devising again. The Master was an earl; he
would make him a duke, and give him a vast
estate which belonged to a member of the Opposition. He had him called, and asked him if he
was the inventor of the remedy.

Soudain le garçon entendit le bruissement soyeux d'un rideau, il se retourna et vit le premier intendant apparaître à la porte et lui faire vivement signe de venir. Légèrement et rapidement, le page s'avança sur la pointe des pieds vers son ami l'intendant chéri et respecté qui dit :

« Si seulement tu peux le persuader, mon enfant, et oh, n'échoue pas ! Prends cela, fais-le-lui manger et il est sauvé.

— Sur ma tête. Il le mangera ! »

C'étaient deux grandes tranches de pastèque rouge, fraîche.

Le lendemain matin la nouvelle se répandit partout que l'empereur était bien portant et en forme à nouveau et qu'il avait fait pendre les docteurs. Une vague de liesse s'empara du pays et l'on fit des préparatifs frénétiques pour tout illuminer.

Après le déjeuner, Sa Majesté s'assit pour réfléchir. Sa reconnaissance était indicible et il essayait d'imaginer une récompense suffisamment somptueuse pour la témoigner réellement à son bienfaiteur. Il arrangea tout dans son esprit, appela le page et lui demanda s'il avait inventé ce remède. Le garçon dit non... il le tenait du premier intendant.

Il fut congédié et l'empereur recommença à réfléchir. L'intendant était comte ; il le ferait duc et lui donnerait un vaste domaine qui appartenait à un membre de l'opposition. Il le fit appeler et lui demanda s'il était l'inventeur du remède.

But the Master was an honest man, and said he got it of the Grand Chamberlain. He was sent away, and the Emperor thought some more. The Chamberlain was a viscount; he would make him an earl, and give him a large income. But the Chamberlain referred him to the First Lord in Waiting, and there was some more thinking; his Majesty thought out a smaller reward. But the First Lord in Waiting referred him back further, and he had to sit down and think out a further and becomingly and suitably smaller reward.

Then, to break the tediousness of the inquiry and hurry the business, he sent for the Grand High Chief Detective, and commanded him to trace the cure to the bottom, so that he could properly reward his benefactor.

At nine in the evening the High Chief Detective brought the word. He had traced the cure down to a lad named Jimmy, a chimney-sweep. The Emperor said, with deep feeling:

"Brave boy, he saved my life, and shall not regret it!"

And sent him a pair of his own boots; and the next best ones he had, too. They were too large for Jimmy, but they fitted the Zulu, so it was all right, and everything as it should be.

Mais l'intendant était un honnête homme et il dit qu'il le tenait du grand chambellan. Il fut congédié et l'empereur réfléchit encore. Le chambellan était vicomte, il le ferait comte et lui donnerait un revenu important. Mais le chambellan le renvoya au premier gentilhomme de service, et il continua à réfléchir ; Sa Majesté reconsidéra une plus petite récompense. Mais le premier gentilhomme le renvoya plus loin et il dut s'asseoir et reconsidéra une nouvelle récompense convenable et plus petite.

Puis, pour briser l'ennui de l'enquête et accélérer le travail, il envoya chercher le grand détective en chef et lui demanda de suivre la trace du remède afin qu'il puisse récompenser comme il le fallait son bienfaiteur.

À neuf heures ce soir-là, le grand détective en chef apporta la solution. Il avait suivi le remède jusqu'à un jeune garçon nommé Jimmy, un ramoneur. L'empereur dit avec une profonde émotion :

« Brave garçon, il m'a sauvé la vie et il ne devrait pas le regretter ! »

Il lui envoya une de ses propres paires de bottes, celles qui lui servaient en second. Elles étaient trop grandes pour Jimmy, mais elles allaient très bien au Zoulou, alors tout fut bien et comme cela devrait être.

## CONCLUSION
## TO THE FIRST STORY

"There — do you get the idea?"

"I am obliged to admit that I do. And it will be as you have said. I will transact the business tomorrow. I intimately know the Director-General's nearest friend. He will give me a note of introduction, with a word to say my matter is of real importance to the government. I will take it along, without an appointment, and send it in, with my card, and I sha'n't have to wait so much as half a minute."

That turned out true to the letter, and the government adopted the boots.

(1901)

## CONCLUSION
### DE LA PREMIÈRE HISTOIRE

«Alors… Avez-vous compris l'idée?

— Je dois admettre que oui. Et ce sera comme vous l'avez dit. Je traiterai l'affaire demain. Je connais intimement le plus proche ami du directeur général. Il me donnera un mot d'introduction avec une note pour dire que mon affaire est de grande importance pour le gouvernement. J'irai le voir, sans rendez-vous, et je le lui remettrai avec ma carte, et je ne devrais pas avoir à attendre plus d'une demi-minute.»

C'est ce qui se passa à la lettre et le gouvernement adopta les bottes.

(1901)

# DANS LA MÊME COLLECTION

## ANGLAIS

## ALLEMAND

## RUSSE

## ITALIEN

## ESPAGNOL

BORGES *El libro de arena* / Le livre de sable
BORGES *Ficciones* / Fictions
CARPENTIER *Concierto barroco* / Concert baroque
CARPENTIER *Guerra del tiempo* / Guerre du temps
CERVANTES *Novelas ejemplares (selección)* / Nouvelles exemplaires (choix)
CERVANTES *El amante liberal* / L'amant généreux
CORTÁZAR *Las armas secretas* / Les armes secrètes
CORTÁZAR *Queremos tanto a Glenda (selección)* / Nous l'aimions tant, Glenda (choix)
VARGAS LLOSA *Los cachorros* / Les chiots

## PORTUGAIS

EÇA DE QUEIROZ *Singularidades de uma rapariga loira* / Une singulière jeune fille blonde
MACHADO DE ASSIS *O alienista* / L'aliéniste

# COLLECTION FOLIO

*Composition Interligne.*
*Impression Bussière Camedan Imprimeries*
*à Saint-Amand (Cher), le 15 octobre 1999.*
*Dépôt légal : octobre 1999.*
*Numéro d'imprimeur : 994483/1.*

ISBN 2-07-040758-6./Imprimé en France.